進学する人のための日本語初級

［進學日本語初級 I］

附有《語彙・會話文》語調記號
改訂版

去網路学園 上製 CD

日 本 学 生 支 援 機 構 授權
東京日本語教育センター
大 新 書 局 印 行

初 め に

　国際学友会日本語学校は、日本の大学等高等教育機関に入学を希望する外国人学生に対して、大学等での教育を受けるのに必要な日本語、及び基礎科目の教育を行っている。1935 年創立以来、本会で受け入れた外国人学生は、1994 年 3 月現在 101 か国・地域、14,300 余名に達している。

　このたび刊行する『進学する人のための日本語初級』は、これまで本校の初級教材として使われてきた『日本語 I』(1977 年刊行、36 課構成) を全面的に改訂したものである。本教材は『進学する人のための日本語初級 I・II』、『練習帳 1・2』『宿題帳／漢字リスト』、『読み文』、CD から成っている。本教材は文型、語彙を精選することにより、構成を 22 課とし、学習者がより短期間に効率良く、基礎的な日本語能力を身につけられるよう配慮して編纂されている。また、各課で取り上げるテーマも外国人学生の日常生活に関連するものを選び、イラストを多数使用することにより、学習者の理解を助け、できるだけ自然な形で、文型、語彙の習得ができるように工夫されている。

　本教材は、教科書作成グループが中心となり、本校の専任教員の意見を取り入れ、1993 年に試用版を作成した。半年の試用後、改訂グループが発足し、専任教員及び非常勤講師の意見、要望を集約して改訂を行い、本書を完成させた。

『進学する人のための日本語初級』を使われる方へ

1　本教材は、日本語を初歩から学習し、日本の高等教育機関（大学、大学院、専門学校等）へ進学する外国人学生を対象に編纂したものであり、日本語教師が直説法によるクラス授業で使用することを前提に作成されている。

2　『本冊Ⅰ・Ⅱ』『練習帳Ⅰ・Ⅱ』に提出された語彙は 1544 語である。

3　本教材は、本校のカリキュラムに沿って、授業時数約 300 時間で終了することを予定し、作成したものである。

4　内容と構成

『本冊Ⅰ・Ⅱ』
　　　　　各課は「語彙」「言い方」「本文」から成っており、必要な箇所には活用、助数詞等の表を載せた。また巻末には学習者の便宜を考え、付録、索引が付されている。本冊は二分冊になっており、Ⅰは1〜12課、Ⅱは13〜22課である。

『練習帳Ⅰ・Ⅱ』
　　　　　口頭練習により、各課で学んだ文型を定着させるために作成した。なお、初級レベルの必要語彙で、『本冊』において提出できなかったものを、各練習の中でできるだけ提出するように努めた。練習帳は二分冊になっており、『練習帳Ⅰ』は1〜12課、『練習帳Ⅱ』は13〜22課である。

『宿題帳／
　漢字リスト』
　　　　　『宿題帳』は各課で学んだことを定着させるための自宅学習用教材であり、教師が添削することを前提として作成されている。なお、『本冊』『練習帳』で学んだ語彙以外は出さないように配慮した。

　　　　　『漢字リスト』は常用漢字表、同音訓表から初級段階で学習すべき漢字 400 字を選定し、提出した。なお、『本冊』本文で提出されている漢字はこのうち 328 字である。

『読み文』	『本冊』が会話表現となっているため、学習者に文章表現に親しむ機会を与える意図で、『読み文』が用意されている。なお、『読み文』の語彙は『本冊』の索引には含まれていない。
CD	『本冊』の各課本文を学習者にとって最適のスピードと自然さを心掛け録音した。学習者は予習、復習の際、本CDを繰り返し聴くことにより、各課「本文」の内容を標準的な発音、アクセントで身につけることができる。また、「語彙」、「言い方」及び『本冊』付録の発音練習も含まれている。

5　文字の表記は現代国語表記辞典（武部良明編　三省堂　1992年　第2版）を参考にし、それにおおむね準拠したが、副詞の表記は平仮名書きとしたものが多い。

『本冊』「言い方」	漢字仮名交じりで、漢字にはすべて振り仮名をつけた。
「本文」	漢字仮名交じりの文に、非漢字系学習者の便宜を考え、仮名分かち書きの文を併記した。「本文」全課を通して、328字を常用漢字表、同音訓表に準拠して提出した。なお、提出漢字の一覧表は巻末に付してある。
『練習帳』『宿題帳』	1〜7課までは仮名分かち書き、8〜22課は漢字仮名交じりで、漢字にはすべて振り仮名をつけた。
『読み文』	漢字仮名交じりで、漢字にはすべて振り仮名をつけた。

1994年10月
国際学友会日本語学校

『進学する人のための日本語初級Ⅰ』(『本冊』) について

1　本書は12課から構成されており、各課は「語彙」と「言い方」と「本文」から成っている。

　　各課の「言い方」には、初めて日本語を学ぶ外国人学生が、できるだけ自然に日本語の基礎的な構造が理解できるように精選された文型を提示し、これらの文型を身につけることによって、将来、中上級の日本語学習がより円滑に行えるようになることを目指している。

　　各課の「言い方」は導入の順序を考慮して配列した。

　　「言い方」の導入をする際には、付属の『練習帳Ⅰ』の練習形式、内容、語彙などを念頭において行うのが効果的である。

　　「言い方」の●印は「本文」で取り上げられている文型、○印は取り上げられていないがその課で関連して教えるべき文型である。

　　「言い方」は漢字仮名交じりで表記し、漢字にはすべて振り仮名をつけた。なお、巻末に「言い方一覧」を載せた。

2　本文には、大学へ進学するために日本語学校で学んでいる数人の外国人学生が登場し、4月の入学から3月の卒業までの1年間にそれぞれが様々な経験をする。

　　本文は会話体で、学習者が興味を持ちながら学べるような場面を設定し、日常生活に即した流れの中で、学習した文型が無理なく定着するように心掛けた。

　　本文には付属のCDが用意されている。

　　本文は漢字仮名交じりのものと、仮名分かち書きのものがある。各課の終わりには「新しい漢字」「新しい読み方」として、その課で学習すべき漢字と読み方が提示してある。「本文」全課を通じて、328字を「常用漢字表」、「同音訓表」から提出した。なお、巻末には「新出漢字一覧」と「漢字索引」、及び本書に提出されているすべての動詞、形容詞、片仮名のことばを課別に表にしたものを載せた。語彙の予習、復習、活用の練習などに幅広く利用されたい。

3 「語彙」には本冊の本文、言い方、練習帳の新出語が各課ごとに五十音順に提出してある。各語彙にはアクセント、品詞、訳など、学習者に必要な情報がもりこまれている。従って、まだ辞書を引けない学習者の予習、復習を大いに助けるものと考える。

4 「語彙」の見方は次の通りである。

(1) (2)	(3)	(4)	(5)	(6)
しあい		［試合］	名詞	game/match
' おいしい			形容詞1	delicious/tasty
* あける（窓を〜）		［開ける］	（他）動詞2	open

(1) 初出の場所を示している。無印は本文、' は言い方、* は練習帳で初出の意味である。

(2) 語彙が仮名で提出されており、各語彙にはアクセントがつけられている。語彙を提出する際は提出場所での使い方、意味のみに限定した。つまり、次の場合には2度、3度に分けて提出されている。

① 「注意する」「断る」のように意味が二つ以上あるものはその都度取り上げた。

② 「暇」のように名詞としても形容詞2としても使われる場合も2度に分けて取り上げた。

③ 名詞の「散歩」と動詞の「散歩する」は別々に取り上げた。

(3) 意味を特定しにくい語彙には、用例がつけられている。

(4) その語彙の標準的な表記法を示した。通常仮名で表記するものは空欄になっている。

(5) 品詞を示した。本語彙リストでは各語彙を以下の15種類に分類した。なお、助詞、助動詞は語彙リストでは取り上げていない。

名詞	連体詞
代名詞	感動詞
動詞1	接続詞
動詞2	接頭語

動詞3	接尾語（助数詞を含む）
形容詞1	連語
形容詞2	その他
副詞	

　また、動詞については自動詞、他動詞の区別を（自）（他）の形で示した。動詞は「辞書の形」で提出してあるが、「辞書の形」を学習する7課までは、その前に例えば「います→」の形で「ますの形」も載せてある。

5　付録として、学習の便宜を図るために、表や発音練習等を載せた。付属のCDにはこの発音練習も含まれている。

教科書作成グループ

谷口正昭	北條幸興	河路由佳（付録作成）
手島安基	村林佳明	鈴藤和子（　〃　）
徳田裕美子	弓田純道	松本敏雄（　〃　）
藤田昌信		高村郁子（イラスト）

同試用版改訂グループ

近藤晶子	増谷祐美	戸田光子	弓田純道
鈴藤和子	谷口正昭	山田浩三	

1994年10月

国際学友会日本語学校

改訂にあたって

　2004年4月1日に国際学友会日本語学校は日本学生支援機構東京日本語教育センターとなりました。

2006年10月

日本学生支援機構

東京日本語教育センター

目　次
もく　　　じ

付　録
ふ　ろく

あいさつのことば

1. おはよう ございます。 早安！

2. こんにちは。 午安！

3. こんばんは。 晚安！（晚上見面時）

4. さようなら。 再見！

5. おやすみなさい。 晚安！（睡覺前）

6. はじめまして。 初次見面。

   どうぞ よろしく おねがいします。 請多指教。

7. ありがとう ございます。 謝謝。

   どう いたしまして。 不客氣。

8. すみません。 對不起。

9. おめでとう ございます。 恭喜。

教室で使うことば
きょうしつ　つか

1. では はじめましょう。 那麼，開始上課吧！

2. きいて ください。 請聽。

3. くりかえして ください。 請重複。

4. いっしょに いって ください。 請一起說。

5. よんで ください。 請閱讀。

6. かいて ください。 請寫。

7. 5ページを あけて ください。 請翻開第五頁。

8. ほんを とじて ください。 請把書合起來。

9. ほんを みて ください。 請看書。

10. ほんを みないで ください。 請不要看書。

11. こたえて ください。　　　　　　　　　請回答。

12. しつもんは ありませんか。　　　　　　有問題嗎？

13. もういちど いって ください。　　　　　請再說一遍。

14. もっと ゆっくり いって ください。　　請再說慢一點。

15. もっと おおきい こえで いっ　　　　　請再說大聲一點。
　　て ください。

16. おぼえて ください。　　　　　　　　　請記住。

17. わかりましたか。　　　　　　　　　　　明白了嗎？

　　はい、わかりました。　　　　　　　　是，明白了。

　　いいえ、わかりません。　　　　　　　不，不明白。

18. しって いますか。　　　　　　　　　　知道嗎？

　　はい、しって います。　　　　　　　是，知道。

　　いいえ、しりません。　　　　　　　　不，不知道。

19. あした もって きて ください。　　　明天請帶來。

20. ちょっと やすみましょう。　　　　　　稍微休息一下吧！

21. では おわります。　　　　　　　　　　那麼，下課。

ひらがな

あ	い	う	え	お
か	き	く	け	こ
さ	し	す	せ	そ
た	ち	つ	て	と
な	に	ぬ	ね	の
は	ひ	ふ	へ	ほ
ま	み	む	め	も
や		ゆ		よ
ら	り	る	れ	ろ
わ				を
ん				

きゃ		きゅ		きょ	
しゃ		しゅ		しょ	
ちゃ		ちゅ		ちょ	
にゃ		にゅ		にょ	
ひゃ		ひゅ		ひょ	
みゃ		みゅ		みょ	
りゃ		りゅ		りょ	

が	ぎ	ぐ	げ	ご
ざ	じ	ず	ぜ	ぞ
だ	ぢ	づ	で	ど
ば	び	ぶ	べ	ぼ
ぱ	ぴ	ぷ	ぺ	ぽ

ぎゃ		ぎゅ		ぎょ	
じゃ		じゅ		じょ	
びゃ		びゅ		びょ	
ぴゃ		ぴゅ		ぴょ	

カ　タ　カ　ナ

ア	イ	ウ	エ	オ
カ	キ	ク	ケ	コ
サ	シ	ス	セ	ソ
タ	チ	ツ	テ	ト
ナ	ニ	ヌ	ネ	ノ
ハ	ヒ	フ	ヘ	ホ
マ	ミ	ム	メ	モ
ヤ		ユ		ヨ
ラ	リ	ル	レ	ロ
ワ				ヲ
ン				

キャ		キュ		キョ
シャ		シュ	シェ	ショ
チャ		チュ	チェ	チョ
ニャ		ニュ		ニョ
ヒャ		ヒュ		ヒョ
ミャ		ミュ		ミョ
リャ		リュ		リョ

ガ	ギ	グ	ゲ	ゴ
ザ	ジ	ズ	ゼ	ゾ
ダ	ヂ	ヅ	デ	ド
バ	ビ	ブ	ベ	ボ
パ	ピ	プ	ペ	ポ

ギャ		ギュ		ギョ
ジャ		ジュ	ジェ	ジョ
ビャ		ビュ		ビョ
ピャ		ピュ		ピョ

ツァ			ツェ	ツォ
	ティ			
ファ	フィ		フェ	フォ
	ディ			
		デュ		

発音
はつ　おん

A　アクセント

1.　名詞
めい　し
（●は助詞）
じょし

1	a		と(戸)、ひ(日)、は(葉)
	b		き(木)、え(絵)、め(目)
2	a		それ、いす、はこ、みず、おちゃ、じゃま
	b		いぬ、へや、やま、ゆめ、くつ、かわ
	c		ほん、ねこ、かさ、じしょ、きょう、シャツ
3	a		やさい、とけい、しょうゆ、さんぽ、かばん
	b		ふくろ、あたま、ことば、おんな、かえり
	c		はなや、ろくじ、おふろ、にほん、えほん
	d		めがね、りょうり、みかん、テレビ、ジュース
4	a		べんきょう、こうえん、ぎゅうにゅう、がくせい、えんぴつ
	b		いちがつ、ついたち、いちにち、いもうと、おとうと
	c		せんせい、ひらがな、コーヒー、ばんごう、はんぶん
	d		どようび、おととし、デパート、くだもの、じてんしゃ
	e		げんかん、まいにち、ほんばこ、けいざい、カーテン
5	a		さらいねん、がいこくご、だいどころ、でんわちょう
	b		じゅうにがつ、けいさつしょ
	c		にほんじん、ごうかくしゃ、こうがくぶ
	d		きんようび、あさごはん、えいがかん、オートバイ
	e		おかあさん、おとうさん、プレゼント、マレーシア
	f		レストラン、ボクシング、よしこさん、たむらさん

〈複合語のアクセント〉
ふくごうご

きねん　＋　きって	→	きねんきって
にほん　＋　りょうり	→	にほんりょうり
こくさい　＋　でんわ	→	こくさいでんわ
かいがい　＋　りょこう	→	かいがいりょこう
こくりつ　＋　だいがく	→	こくりつだいがく
じどうしゃ　＋　こうじょう	→	じどうしゃこうじょう
クリスマス　＋　ケーキ	→	クリスマスケーキ

2. 形容詞（けいようし）

	辞書の形（じしょ かたち）	～ない	～です	～く
A	あまい	あまくない	あまいです	あまく
	つめたい	つめたくない	つめたいです	つめたく
B	いい	よくない	いいです	よく
	つよい	つよくない	つよいです	つよく
	みじかい	みじかくない／みじかくない	みじかいです	みじかく／みじかく
	おもしろい	おもしろくない／おもしろくない	おもしろいです	おもしろく／おもしろく
	＊おおい	おおくない	＊おおいです	おおく
	おおきい	＊おおきくない	おおきいです	＊おおきく

＊おおい／おおきい／ちいさい（語頭が長音のとき）（ごとう ちょうおん）

3. 動詞（どうし）

	辞書の形（じしょ かたち）	～ない	～ます	～ば
A	いく	いかない	いきます	いけば
	ねる	ねない	ねます	ねれば
	する	しない	します	すれば
	あそぶ	あそばない	あそびます	あそべば
	いれる	いれない	いれます	いれれば
	はたらく	はたらかない	はたらきます	はたらけば
	わすれる	わすれない	わすれます	わすれれば
B	かく	かかない	かきます	かけば
	みる	みない	みます	みれば
	くる	こない	きます	くれば
	あるく	あるかない	あるきます	あるけば
	しめる	しめない	しめます	しめれば
	＊はいる	はいらない	はいります	＊はいれば
	よろこぶ	よろこばない	よろこびます	よろこべば
	しらべる	しらべない	しらべます	しらべれば

＊（うちへ）かえる／かえす／とおる（語頭が長音または連母音のとき）（ごとう ちょうおん れんぼいん）

～くて	～かった	～ば
あまくて	あまかった	あまければ
つめたくて	つめたかった	つめたければ
よくて	よかった	よければ
つよくて	つよかった	つよければ
みじかくて みじかくて	みじかかった みじかかった	みじかければ みじかければ
おもしろくて おもしろくて	おもしろかった おもしろかった	おもしろければ おもしろければ
おおくて	おおかった	おおければ
＊おおきくて	おおきかった	おおきければ

～う	～て	～たい（名詞）	～ながら
いこう	いって	いきたい	いきながら
ねよう	ねて	ねたい	ねながら
しよう	して	したい	しながら
あそぼう	あそんで	あそびたい	あそびながら
いれよう	いれて	いれたい	いれながら
はたらこう	はたらいて	はたらきたい	はたらきながら
わすれよう	わすれて	わすれたい	わすれながら
かこう	かいて	かきたい	かきながら
みよう	みて	みたい	みながら
こよう	きて	きたい	きながら
あるこう	あるいて	あるきたい	あるきながら
しめよう	しめて	しめたい	しめながら
はいろう	＊はいって	はいりたい	はいりながら
よろこぼう	よろこんで	よろこびたい	よろこびながら
しらべよう	しらべて	しらべたい	しらべながら

B 発音
はつ　おん

1. 撥音
   ### はつおん
   a. [m]

      さんま、ぶんめい、けんぶつ、がんばる、

      さんぽ、えんぴつ
   b. [n]

      はんたい、えんとつ、みんな、こんにちは、

      せんろ、れんらく、こんど、ほんだな
   c. [ŋ]

      てんき、ぎんこう、おんがく、にほんご、
   d. その他
      ### た

      てんいん、せんえん、あんしん、けんさ、

      パンや、しんゆう、でんわ、ふじんふく、

      ほんを　よむ

2. 促音
   ### そくおん
   a. にっき、まっくろ、がっこう、

      みっつ、きって、もっと、

      しゅっぱつ、いっぴき、きっぷ
   b. きっさてん、ざっし、いっしょ

3. 長音
   ### ちょうおん
   ア列. おかあさん、おばあさん、デパート
   ### れつ
   イ列. おにいさん、おじいさん、ちいさい、たのしい、スキー
   ### れつ
   ウ列. ぎゅうにゅう、くうき、つうがく、せんしゅう、すうがく、
   ### れつ
      ニュース
   エ列. えいご、とけい、がくせい、おれい、テーブル、＊おねえさん
   ### れつ
   オ列. とうふ、りょうり、ようちえん、べんきょう、ノート、
   ### れつ
      ＊おおきい　＊おおい　＊とおる　＊とお　＊こおり

4. 鼻濁音
　ぴ だくおん

　　a. がっこう　　　か(が)み　　　けん(か)く

　　　　ぎんこう　　　か(ぎ)　　　こむ(ぎ)こ　　　にほんぎんこう

　　　　ぐあい　　　　ぬ(ぐ)　　　どう(ぐ)

　　　　げんき　　　　に(げ)る　　　か(げ)　　　　おげんき

　　　　ごはん　　　　えい(ご)　　　かん(ご)ふ　　　じゅうごさい

　　b. つくえの　うえに　ほん(が)　あります。

　　　　おんなの　こ(が)　あるいて　います。

5. 母音の無声化
　ぼ いん　む せい か

　　a. (き)し　　　　ぎし　　　　きじ

　　　　(し)き　　　　じき　　　　しぎ

　　　　(ふ)た　　　　ぶた　　　　ふだ

　　　　まんねん(ひ)つ　　えん(ぴ)つ　　こめびつ

　　　　おい(し)かった　　　　　　おいしい

　　　　(つ)くえ　　　　　　　　　すわりづくえ

　　b. これは　ほんで(す)。

　　　　わたしは　かえりま(す)。

C. 練習
　　れんしゅう

1. 撥音
　はつおん

　　じぶん（自分）　　　　　　じんぶん（人文）

　　たに（谷）　　　　　　　　たにん（他人）　　　　たんにん（担任）

　　こな（粉）　　　　　　　　こんな　　　　　　　　こんなん（困難）

　　きねん（記念）　　　　　　きんえん（禁煙）　　　きんねん（近年）

　　せんえん（千円）　　　　　せんねん（千年）

　　では　　　　　　　　　　　でんわ（電話）

　　こうばへ行きます。（工場）　こうばんへ行きます。（交番）
　　　　　　い　　　　　　　　　　　　　　い

2. 促音
そくおん

かこ（過去）　　　　　　　　　　かっこ

にし（西）　　　　　　　　　　　にっし（日誌）

スパイ　　　　　　　　　　　　　すっぱい（酸っぱい）

うた（歌）　　　　　　　　　　　うった（売った）

きて（着て）　　　　　　　　　　きって（切手）　　　きって（切って）

している　　　　　　　　　　　　しっている（知っている）

きのう　うちに　いた人　　　　　きのう　あそびに　いった　人
　　　　　　　　　ひと　　　　　　　　　　　　　　　　　　ひと

3. 長音
ちょうおん

おばさん　　　　　　　　　　　　おばあさん

おじさん　　　　　　　　　　　　おじいさん

います　　　　　　　　　　　　　いいます（言います）

きて（着て）　　　　　　　　　　きいて（聞いて）

いえ（家）　　　　　　　　　　　いいえ

ビル　　　　　　　　　　　　　　ビール

すき（好き）　　　　　　　　　　スキー

つち（土）　　　　　　　　　　　つうち（通知）

へや（部屋）　　　　　　　　　　へいや（平野）

ここ　　　　　　　　　　　　　　こうこう（高校）

いっしょ（一緒）　　　　　　　　いっしょう（一生）

とり（鳥）　　　　　　　　　　　とおり（通り）

とる（取る）　　　　　　　　　　とおる（通る）

4. 清音と濁音
せいおん　だくおん

(1) カ行とガ行
ぎょう　　ぎょう

かっこう（格好）　　　　　　　　がっこう（学校）

きんか（金貨）　　　　　　　　　ぎんか（銀貨）

クリーン　　　　　　　　　　　　グリーン

けんこう（健康）　　　　　　　　げんこう（原稿）

ここ   ごこ（五個）

にかい（二階）   にがい（苦い）

つき（月）   つぎ（次）

かく（書く）   かぐ（家具）

あける（開ける）   あげる

ごこ（五個）   ごご（午後）

(2) 「タ・テ・ト」と「ダ・デ・ド」

たいがく（退学）   だいがく（大学）

たんだい（短大）   だんたい（団体）

てんき（天気）   でんき（電気）

とうきょう（東京）   どうきょう（同郷）

せいと（生徒）   せいど（制度）

漢字を かいて みた。   花の においを かいで みた。
かんじ   はな

(3) 「チ・ツ」と「ジ・ズ（ヂ・ヅ）」

ちち（父）   ちじ（知事）   じち（自治）

もち   もじ（文字）

しけんちゅう（試験中）   せかいじゅう（世界中）

ちゅうい（注意）   じゅうい（獣医）

かいちょう（会長）   かいじょう（会場）

みつ（蜜）   みず（水）

ひとつき（一月）   みかづき（三日月）

つつみ（包み）   かみづつみ（紙包み）

(4) パ行とバ行
　　ぎょう　　ぎょう

パス   バス

せんぱい（先輩）   せんばい（千倍）

ピザ   ビザ

ヘアピン   ビールびん

さんぷん(三分) 　　　　　さんぶんのいち(三分の一)

ハープ 　　　　　　　　ハーブ

ペンチ 　　　　　　　　ベンチ

きんぺん(近辺) 　　　　きんべん(勤勉)

ポール 　　　　　　　　ボール

さんぽ(散歩) 　　　　　さんぼん(三本)

5. 拗音
ようおん

a. いしや(石屋) 　　　　いしゃ(医者)

ひやく(飛躍) 　　　　ひゃく(百)

じゆう(自由) 　　　　じゅう(十)

りゆう(理由) 　　　　りゅうがくせい(留学生)

びよういん(美容院) 　びょういん(病院)

りよう(利用) 　　　　りょう(寮)

b. きゅうだい(九台) 　　きょうだい(兄弟)

ぎゅうにゅう(牛乳) 　そつぎょう(卒業)

しゅくだい(宿題) 　　しょくどう(食堂)

じゅうしょ(住所) 　　じょうだん(冗談)

ちゅうごく(中国) 　　ちょうこく(彫刻)

ちゅうしょく(昼食) 　ちょうしょく(朝食)

6. その他
た

(1) 「ツ」

a. 「ツ」と「ス」

つき(月) 　　　　すき(好き)

つる(釣る) 　　　する

いつ 　　　　　　いす

たつ(立つ) 　　　たす(足す)

b. 「ツ」と「チ」

つかう(使う) 　　ちかう(誓う)

いつ 　　　　　　いち(位置)

つち（土）　　　　　　　ちち（父）

c．「ツ」と「チュ」
つうしん（通信）　　　　ちゅうしん（中心）
つうがく（通学）　　　　ちゅうがく（中学）
ぶんつう（文通）　　　　ぶんちゅう（文中）

(2)　ラ行
a．ラ行とダ行
らんぼう（乱暴）　　　　だんぼう（暖房）
それ　　　　　　　　　　そで（袖）
ろく（六）　　　　　　　どく（毒）
ころも（衣）　　　　　　こども（子供）
ひろい（広い）　　　　　ひどい

b．ラ行とナ行
らく（楽）　　　　　　　なく（泣く）
しらない（知らない）　　しなない（死なない）
くり（栗）　　　　　　　くに（国）
れんしゅう（練習）　　　ねんしゅう（年収）
しつれん（失恋）　　　　しつねん（失念）

(3)　アクセント
ひが　くれる（日が暮れる）　　ひが　もえる（火が燃える）
きを　つける（気をつける）　　きを　うえる（木を植える）
かみを　きる（紙を切る）　　　かみに　いのる（神に祈る）
あめが　ふる（雨が降る）　　　あめを　あげる（飴をあげる）
はしで　たべる（箸で食べる）　はしを　わたる（橋を渡る）
やさいを　きる（野菜を切る）　シャツを　きる（シャツを着る）
ねこを　かう（猫を飼う）　　　ケーキを　かう（ケーキを買う）
あつい　なつ（暑い夏）　　　　あつい　ほん（厚い本）

教科書に出てくる主な人々
きょうかしょ　で　　　　おも　ひとびと

日本語学校
に　ほん　ご　がっ　こう

山田先生
やまだ せんせい

森田先生
もりた せんせい

アリフさん　　マリアさん　　ラヒムさん　　アンナさん

キムさん　　シンさん　　リサさん　　チンさん

水野さん
みずの

木村さん
きむら

中川さん
なかがわ

小林さん
こばやし

田中さん
たなか

1.國名 〜アメリカ
2.國名+人
3.AはBです。

4.AはBではありません.
5.AはBですか。

6.これ
これ/あれ/それ

| | 1 | わたしは ラヒムです | | 7.助詞「の.も」 |

1 わたしは ラヒムです

✓ 1.	あなた よそな		代名詞	你
✓ 2.	*アメリカ		名詞	美國
✓ 3.	*アメリカじん	[アメリカ人]	名詞	美國人
4.	アリフ	〈人名〉	名詞	亞力富（人名）
5.	あれ		代名詞	那
6.	いいえ		感動詞	不
7.	*イギリス		名詞	英國
✓ 8.	*イギリスじん	[イギリス人]	名詞	英國人
9.	インドネシア りなうらく		名詞	印尼
10.	インドネシアじん	[インドネシア人]	名詞	印尼人
✓ 11.	*えいご	[英語]	名詞	英語
12.	*えんぴつ	[鉛筆]	名詞	鉛筆
13.	オートバイ		名詞	摩托車，機車
14.	おとこ	[男]	名詞	男生，男性
✓ 15.	*おねがいします	[お願いします]	その他	請（拜託別人時用）
16.	おんな	[女]	名詞	女生，女性
✓ 17.	がくせい	[学生]	名詞	學生
18.	*かさ	[傘]	名詞	傘
✓ 19.	がっこう	[学校]	名詞	學校
20.	*かばん		名詞	皮包
21.	*きょうかしょ	[教科書]	名詞	教科書
✓ 22.	*ぎんこう	[銀行]	名詞	銀行
23.	'けしゴム	[消しゴム]	名詞	橡皮，橡皮擦
24.	*ご(日本〜)	[語]	接尾語	語（日本〜）
25.	これ		代名詞	這
✓ 26.	ざっし	[雑誌]	名詞	雜誌
27.	*さとう	[佐藤] 〈人名〉	名詞	佐藤（人名）
28.	'さん(ラヒム〜)		接尾語	先生／女士／小姐
29.	*じしょ	[辞書]	名詞	辭典
✓ 30.	*じてんしゃ	[自転車]	名詞	腳踏車，自行車

b. これ／あれ／それ

31.	*ジョン		〈人名〉名詞	約翰（人名）
32.	*シン		〈人名〉名詞	信（人名）
33.	じん（マレーシア〜）	[人]	接尾語	人（馬來西亞〜）
34.	'すうがく	[数学]	名詞	數學
✓35.	せんせい	[先生]	名詞	老師
36.	それ		代名詞	那
✓37.	だれ		代名詞	誰
38.	*ちゅうごく	[中国]	名詞	中國
✓39.	*ちゅうごくじん	[中国人]	名詞	中國人
40.	*テープ		名詞	錄音帶
41.	*どうぞよろしくおねがいします		その他	請多多指教
	[どうぞよろしくお願いします]			
✓42.	'とけい	[時計]	名詞	鐘・錶
✓43.	どなた		代名詞	哪一位
✓44.	なまえ	[名前]	名詞	名字
45.	なん（それは〜ですか）	[何]	代名詞	什麼（那是〜呢？）
46.	*にほん	[日本]	名詞	日本
47.	*にほんご	[日本語]	名詞	日本語
✓48.	*にほんじん	[日本人]	名詞	日本人
49.	*ノート		名詞	筆記簿
50.	'はい		感動詞	是的
✓51.	*はじめまして	[初めまして]	その他	你好，幸會
✓52.	'びょういん	[病院]	名詞	醫院
✓53.	*ぼうし	[帽子]	名詞	帽子
54.	*ボールペン		名詞	原子筆
55.	'ほん	[本]	名詞	書
56.	マレーシア		名詞	馬來西亞
57.	マレーシアじん	[マレーシア人]	名詞	馬來西亞人
58.	やまだ	[山田]	〈人名〉名詞	山田（人名）
✓59.	*ゆうびんきょく	[郵便局]	名詞	郵局
60.	ラジオ		名詞	收音機
61.	ラヒム		〈人名〉名詞	拉希姆（人名）
62.	わたし		代名詞	我

言い方
（い　かた）

1 ● わたし<u>は</u>ラヒム<u>です</u>。

2 ● ラヒムさんはインドネシア人（じん）<u>ではありません</u>。ラヒムさ
　　んはマレーシア人（じん）です。

3 ● あなたはインドネシア人（じん）<u>ですか</u>。
　　<u>はい</u>、わたしはインドネシア人（じん）です。
　　<u>いいえ</u>、わたしはインドネシア人（じん）<u>ではありません</u>。

4 ● <u>これ</u>は時計（とけい）ですか。
　　はい、<u>それ</u>は時計（とけい）です。
　● <u>それ</u>はラジオですか。
　　はい、<u>これ</u>はラジオです。
　● <u>あれ</u>は病院（びょういん）ですか。
　　はい、<u>あれ</u>は病院（びょういん）です。
　○ <u>これ</u>は雑誌（ざっし）ですか。
　　はい、<u>これ</u>は雑誌（ざっし）です。

▷ AはBではありません （否定句）A不是B.
・アンナさんはにほんじん
▷ AはBですか（A是B嗎）是非問句
[はい、台湾人です。
[いいえ、たいわんじんでは

—30—

5 ● これは何ですか。
　　　　それは消しゴムです。
　● あなたの先生はだれですか。
　　　　わたしの先生は山田先生です。

6 ● これはわたしの本です。
　● 山田先生は女の先生です。
　● これはだれの本ですか。
　　　　それはアリフさんの本です。
　● それは何の本ですか。
　　　　これは数学の本です。

7 ● あれはあなたのオートバイですか。
　　　　はい、あれはわたしのです。

8 ○ ラヒムさんは学生です。アリフさんも学生です。
　○ ラヒムさんは先生ではありません。アリフさんも先生で
　　はありません。
　● わたしはマレーシア人です。あなたもマレーシア人ですか。
　　　　はい、わたしもマレーシア人です。
　　　　いいえ、わたしはマレーシア人ではありません。

わたしはラヒムです

 （学校）
　　　　　（がっこう）

ラヒム：わたしはラヒムです。わたしはマレーシア人です。
　　　　　　　　　　　　　　　　　　　　　　　（じん）

　　　　あなたもマレーシア人ですか。
　　　　　　　　　　　　　（じん）

アリフ：いいえ、わたしはマレーシア人ではありません。
　　　　　　　　　　　　　　　　　（じん）

　　　　インドネシア人です。名前はアリフです。
　　　　　　　　　　（じん）　（なまえ）

ラヒム：アリフさん、あなたの先生はだれですか。
　　　　　　　　　　　　　　　（せんせい）

アリフ：わたしの先生は山田先生です。
　　　　　　　（せんせい）（やまだせんせい）

ラヒム：山田先生は男の先生ですか。
　　　（やまだせんせい）（おとこ）（せんせい）

アリフ：いいえ、男の先生ではありません。女の先生です。
　　　　　　　（おとこ）（せんせい）　　　　　（おんな）（せんせい）

ラヒム：それは何ですか。
　　　　　　（なん）

アリフ：これは雑誌です。
　　　　　　（ざっし）

ラヒム：それは何の雑誌ですか。
　　　　　　（なん）（ざっし）

アリフ：これはオートバイの雑誌です。
　　　　　　　　　　　　　（ざっし）

ラヒム：それはだれの雑誌ですか。
　　　　　　　　　　（ざっし）

アリフ：これはわたしの雑誌です。
　　　　　　　　　　（ざっし）

ラヒム：あれはあなたのオートバイですか。

アリフ：はい、あれはわたしのです。

新しい漢字
（あたら）（かんじ）

マレーシア人	名前	先生	山田	男	女	何
じん	なまえ	せんせい	やまだ	おとこ	おんな	なん

わたしは　ラヒムです

（がっこう）

ラヒム：わたしは　ラヒムです。わたしは　マレーシアじん
　　　　です。あなたも　マレーシアじんですか。

アリフ：いいえ、わたしは　マレーシアじんでは　ありませ
　　　　ん。インドネシアじんです。なまえは　アリフです。

ラヒム：アリフさん、あなたの　せんせいは　だれですか。

アリフ：わたしの　せんせいは　やまだせんせいです。

ラヒム：やまだせんせいは　おとこの　せんせいですか。

アリフ：いいえ、おとこの　せんせいでは　ありません。お
　　　　んなの　せんせいです。

ラヒム：それは　なんですか。

アリフ：これは　ざっしです。

ラヒム：それは　なんの　ざっしですか。

アリフ：これは　オートバイの　ざっしです。

ラヒム：それは　だれの　ざっしですか。

アリフ：これは　わたしの　ざっしです。

ラヒム：あれは　あなたの　オートバイですか。

アリフ：はい、あれは　わたしのです。

1.	あそこ		代名詞	那裏
2.	'あたらしい	[新しい]	形容詞1	新的
3.	*あつい（～辞書）	[厚い]	形容詞1	厚的（～辭典）
4.	'あの		連体詞	那
5.	*アンナ	〈人名〉	名詞	安娜（人名）
6.	*いっかい	[一階]	名詞	一樓
7.	*うすい	[薄い]	形容詞1	薄的
8.	*うち（あなたの～）		名詞	家（你的～）
9.	'おいしい		形容詞1	美味的，好吃的
10.	*おおきい	[大きい]	形容詞1	大的
11.	*おもい（かばんが～）	[重い]	形容詞1	重的（皮包～）
12.	おもしろい	[面白い]	形容詞1	有趣的
13.	かい（1～）	[階]	接尾語	樓（1～）
14.	*かたかな	[片仮名]	名詞	片假名
15.	*かみ	[髪]	名詞	頭髮
16.	*かるい	[軽い]	形容詞1	輕的
17.	きむら	[木村] 〈人名〉	名詞	木村（人名）
18.	きょうしつ	[教室]	名詞	教室
19.	きれい		形容詞2	漂亮的／整潔的
20.	ここ		代名詞	這裏
21.	この		連体詞	這
22.	*さくら	[桜]	名詞	櫻花
23.	しかし（少し難しいです。～、面白いです）		接続詞	但是（雖然有一點困難，～有趣。）
24.	'しずか	[静か]	形容詞2	安靜
25.	じむしつ	[事務室]	名詞	辦公室
26.	しょくいんしつ	[職員室]	名詞	教師辦公室
27.	*しょくどう	[食堂]	名詞	餐廳
28.	*しんじゅく	[新宿]	名詞	新宿（地名）
29.	すこし	[少し]	副詞	一點（一點點）

2課

語彙

30.	* ズボン		名詞	長褲
✓ 31.	'せまい	［狭い］	形容詞		狹窄的，狹小的
32.	そうです(はい、～。)		その他	是的。(是，～。)
33.	そうですか(ここは事務室です。～)		その他	是嗎？(這裏是辦公室。～？)
34.	'そこ		代名詞	那裏
35.	'その		連体詞	那
36.	* たかい(～山)	［高い］	形容詞		高的（～山）
37.	* たかい(値段が～)	［高い］	形容詞		貴的（價格～）
38.	* たかおさん	［高尾山］	名詞	高尾山（山名）
✓ 39.	* ちいさい	［小さい］	形容詞		小的
40.	'チン	〈人名〉	名詞	陳（人名）
41.	* つまらない		形容詞		無聊的，沒趣的
42.	* トイレ		名詞	洗手間，化粧室
43.	どこ		代名詞	哪裏
✓ 44.	* ながい	［長い］	形容詞		長的
45.	にかい	［二階］	名詞	二樓
✓ 46.	* にぎやか		形容詞 2	熱鬧的，繁華，鬧哄哄
47.	* はな	［花］	名詞	花
48.	* ひくい	［低い］	形容詞		低的，矮的
49.	* ひらがな	［平仮名］	名詞	平假名
50.	'ひろい	［広い］	形容詞		寬的，廣的
51.	* フィリピン		名詞	菲律賓
52.	* フィリピンじん	［フィリピン人］	名詞	菲律賓人
53.	'ふじさん	［富士山］	名詞	富士山（山名）
✓ 54.	* ふとい	［太い］	形容詞		粗的，肥的，寬的
✓ 55.	* ふるい	［古い］	形容詞		舊的，老的，過時的
56.	'へや	［部屋］	名詞	房間
✓ 57.	べんきょう	［勉強］	名詞	學習，用功
58.	* ほそい	［細い］	形容詞		纖細的，狹窄的
59.	* まずい		形容詞		難吃的
✓ 60.	* まち	［町］	名詞	城市，城鎮
61.	マリア	〈人名〉	名詞	瑪利亞（人名）

√62. *みじかい	［短い］	形容詞Ⅰ	短的・短暫的
√63. むずかしい	［難しい］	形容詞Ⅰ	困難的
64. *もんだい	［問題］	名詞	問題
65. やさしい(勉強が～)	［易しい］	形容詞Ⅰ	容易的（課業～）
66. *やすい	［安い］	形容詞Ⅰ	便宜的
67. 'やま	［山］	名詞	山
68. 'りんご		名詞	蘋果
69. 'ロビー		名詞	大廳

言い方
<ruby>言<rt>い</rt></ruby><ruby>方<rt>かた</rt></ruby>

1 • わたしの<ruby>自転車<rt>じ てんしゃ</rt></ruby>は<ruby>新<rt>あたら</rt></ruby>しいです。

　• わたしの<ruby>部屋<rt>へ や</rt></ruby>は<ruby>静<rt>しず</rt></ruby>かです。

2 • あなたの<ruby>部屋<rt>へ や</rt></ruby>は<ruby>広<rt>ひろ</rt></ruby>いですか、<ruby>狭<rt>せま</rt></ruby>いですか。

　　わたしの<ruby>部屋<rt>へ や</rt></ruby>は<ruby>広<rt>ひろ</rt></ruby>いです。

3 • このりんごはおいしいです。

　◦ その<ruby>本<rt>ほん</rt></ruby>は<ruby>面白<rt>おもしろ</rt></ruby>いです。

　◦ あの<ruby>山<rt>やま</rt></ruby>は<ruby>富士山<rt>ふ じ さん</rt></ruby>です。

4 • ここはあなたの<ruby>教室<rt>きょうしつ</rt></ruby>ですか。

　　はい、ここはわたしの<ruby>教室<rt>きょうしつ</rt></ruby>です。

　◦ ここはチンさんの<ruby>部屋<rt>へ や</rt></ruby>ですか。

　　はい、そこはチンさんの<ruby>部屋<rt>へ や</rt></ruby>です。

　◦ そこはあなたの<ruby>部屋<rt>へ や</rt></ruby>ですか。

　　はい、ここはわたしの<ruby>部屋<rt>へ や</rt></ruby>です。

　• あそこは<ruby>事務室<rt>じ む しつ</rt></ruby>ですか。

　　はい、あそこは<ruby>事務室<rt>じ む しつ</rt></ruby>です。

5 • <u>あそこ</u>は<u>何</u>ですか。
　　あそこはロビーです。

6 • 職員室は<u>どこ</u>ですか。
　　職員室はあそこです。

7 • これはあなたの本ですか。
　　<u>はい、そうです。</u>
　　<u>いいえ、そうではありません。</u>

8 • ここは事務室です。
　　<u>そうですか。</u>

9 • あなたの部屋はきれいです<u>ね</u>。

日本語の勉強は面白いです
にほんご　べんきょう　おもしろ

（マリアさんの学校）
がっこう

マリア：ここは事務室です。
　　　　じ　むしつ

木　村：そうですか。あそこは何ですか。
き　むら　　　　　　　　　　　　なん

マリア：職員室です。
　　　　しょくいんしつ

木　村：あなたの教室はどこですか。
き　むら　　　　　　きょうしつ

マリア：わたしの教室は二階です。
　　　　　　　　きょうしつ　にかい

木　村：この教室ですか。
き　むら　　きょうしつ

マリア：はい、そうです。

木　村：きれいですね。日本語の勉強は難しいですか、
き　むら　　　　　　　にほんご　べんきょう　むずか

　　　　易しいですか。
　　　　やさ

マリア：少し難しいです。しかし、面白いです。
　　　　すこ　むずか　　　　　　　　おもしろ

新しい漢字
あたら　　　かんじ

学校	木村	教室	二階	日本語	少し
がっこう	きむら	きょうしつ	にかい	にほんご	すこし

2課
会話文

にほんごの　べんきょうは　おもしろいです

（マリアさんの　がっこう）

マリア：ここは　じむしつです。

きむら：そうですか。あそこは　なんですか。

マリア：しょくいんしつです。

きむら：あなたの　きょうしつは　どこですか。

マリア：わたしの　きょうしつは　にかいです。

きむら：この　きょうしつですか。

マリア：はい、そうです。

きむら：きれいですね。にほんごの　べんきょうは　むずか
　　　　しいですか、やさしいですか。

マリア：すこし　むずかしいです。しかし、おもしろいです。

3 パンダはあそこにいます

1.	*あかい	[赤い]	形容詞1	紅的
2.	あります→ある(辞書が〜)		(自)動詞1	有(〜辞典)
3.	*いい(〜辞書)		形容詞1	好的(〜辞典)
4.	*いけ	[池]	名詞	池塘
5.	いし	[石]	名詞	石頭
6.	いす		名詞	椅子
7.	*いぬ	[犬]	名詞	狗
8.	*いま	[居間]	名詞	客廳
9.	*いま	[今]	名詞	現在
10.	います→いる(パンダが〜)		(自)動詞2	有(〜熊貓)
11.	いろいろ(〜な動物)		形容詞2	各種・種種的(〜動物)
12.	うえ	[上]	名詞	上面
13.	うさぎ		名詞	兔子
14.	*うしろ	[後ろ]	名詞	後面
15.	*えき	[駅]	名詞	車站
16.	おおぜい		副詞	一羣人／眾多
17.	おかあさん	[お母さん]	名詞	母親
18.	かめ(〜がいる)		名詞	烏龜(有〜)
19.	かわいい		形容詞1	可愛的
20.	き	[木]	名詞	樹
21.	*くずかご		名詞	垃圾筒
22.	*くつ	[靴]	名詞	鞋子
23.	くに	[国]	名詞	城市，國家
24.	*くるま	[車]	名詞	轎車
25.	*くろい	[黒い]	形容詞1	黑色的
26.	*げんかん	[玄関]	名詞	入口，前門，正門
27.	こうえん	[公園]	名詞	公園
28.	こども	[子供]	名詞	小孩子
29.	こばやし	[小林]〈人名〉	名詞	小林(人名)

3課
語彙

30.	さかな	[魚]	名詞	魚
31.	'した	[下]	名詞	下面
32.	*シャツ		名詞	襯衫
33.	*じょうぶ	[丈夫]	形容詞2	強壯，健康，堅固
34.	しろい	[白い]	形容詞1	白的
35.	*しんしつ	[寝室]	名詞	寢室
36.	すいぞくかん	[水族館]	名詞	水族館
37.	*ぞう	[象]	名詞	象
38.	'そば(窓の〜)		名詞	旁邊（窗戶的〜）
39.	*だいどころ	[台所]	名詞	廚房
40.	たくさん		副詞	很多
41.	たてもの	[建物]	名詞	建築物
42.	*たなか	[田中]〈人名〉	名詞	田中（人名）
43.	'つくえ	[机]	名詞	書桌
44.	*テーブル		名詞	桌子
45.	*テレビ		名詞	電視機
46.	*ドア		名詞	門
47.	どうぶつ	[動物]	名詞	動物
48.	どうぶつえん	[動物園]	名詞	動物園
49.	'としょかん	[図書館]	名詞	圖書館
50.	*となり	[隣]	名詞	旁邊
51.	どの(〜人)		連体詞	哪（〜位）
52.	'とり	[鳥]	名詞	鳥
53.	'どれ		代名詞	哪些，哪個
54.	なか(建物の〜)	[中]	名詞	裏面（建築物的〜）
55.	なに	[何]	代名詞	什麼
56.	*にわ	[庭]	名詞	庭園
57.	'ねこ	[猫]	名詞	貓
58.	*バナナ		名詞	香蕉
59.	*はなや	[花屋]	名詞	花店
60.	パンダ		名詞	熊貓
61.	*ひきだし	[引き出し]	名詞	抽屜

62. 'ひと	[人]	名詞	人
63. ひろば	[広場]	名詞	廣場
64. *ふでばこ	[筆箱]	名詞	鉛筆盒
65. *ふろば	[ふろ場]	名詞	浴室
66. *ベッド		名詞	牀・床
67. *ほんだな	[本棚]	名詞	書架・書櫃
68. *ほんや	[本屋]	名詞	書店
69. *まえ(うちの〜)	[前]	名詞	前面(家的〜)
70. 'まど	[窓]	名詞	窗戶
71. まるい(〜石)	[丸い]	形容詞I	圓的(〜石頭)
72. *みずの	[水野]	名詞	水野(人名)
73. *もん	[門]	名詞	門
74. やぎ		名詞	山羊
75. *ライオン		名詞	獅子
76. *リサ	〈人名〉	名詞	麗莎(人名)
77. *ろうか	[廊下]	名詞	走廊

言い方
<u>い</u>　<u>かた</u>

1 ● これは<u>面白い</u>本です。
　　　　<u>おもしろ</u>　<u>ほん</u>

　　● あそこは<u>静か</u>な<u>公園</u>です。
　　　　　　　<u>しず</u>　　　<u>こうえん</u>

2 ● <u>教室</u>にアンナさん<u>が</u> <u>います</u>。
　　　<u>きょうしつ</u>

　　● いすの<u>下</u>に<u>猫</u><u>が</u> <u>います</u>。
　　　　　<u>した</u>　<u>ねこ</u>

　　● あそこに<u>図書館</u>が <u>あります</u>。
　　　　　　　<u>としょかん</u>

3 ● <u>教室</u>に<u>ラヒムさんと</u>アリフさんがいます。
　　　<u>きょうしつ</u>

4 ● <u>机</u>の<u>上</u>に<u>本</u>やノート<u>など</u>があります。
　　　<u>つくえ</u>　<u>うえ</u>　<u>ほん</u>

5 ○ <u>窓</u>のそばに<u>だれが</u> <u>います</u>か。
　　　<u>まど</u>

　　　（<u>窓</u>のそばに）アンナさんがいます。
　　　　<u>まど</u>

　　● <u>木</u>の<u>上</u>に<u>何が</u> <u>います</u>か。
　　　　<u>き</u>　<u>うえ</u>　<u>なに</u>

　　　（<u>木</u>の<u>上</u>に）<u>猫</u>がいます。
　　　　<u>き</u>　<u>うえ</u>　<u>ねこ</u>

　　○ かばんの<u>中</u>に<u>何が</u> <u>あります</u>か。
　　　　　　　<u>なか</u>　<u>なに</u>

　　　（かばんの<u>中</u>に）ノートがあります。
　　　　　　　　<u>なか</u>

6 ● この教室にマレーシアの学生がいますか。

はい、（マレーシアの学生が）います。

いいえ、マレーシアの学生は いません。

7 ● 机の上に何がありますか。

本があります。

机の下には何がありますか。

机の下にはかばんがあります。

8 ○ 教室にだれがいますか。

教室にはだれも いません。

● 庭に何がいますか。

庭には何も いません。

○ 机の中に何がありますか。

机の中には何も ありません。

9 ● アンナさんは どこに いますか。

アンナさんは教室に います。

○ あなたの学校は どこに ありますか。

わたしの学校は新宿にあります。

10 • ここは動物園です。動物園にはいろいろな動物がいます。

11 ○ あなたの傘はどれですか。

　　わたしの傘はこれです。

　• あなたの傘はどの傘ですか。

　　わたしの傘はこの傘です。

　○ アンナさんはどの人ですか。

　　アンナさんはあの人です。

12 • あそこにかめがいますよ。

パンダはあそこにいます

↻ ここは動物園です。動物園にはいろいろな動物がいます。
パンダもいます。

3課
会話文

アンナ：パンダはどこにいますか。

小　林：パンダはあの建物の中にいます。

アンナ：大きいパンダと小さいパンダがいますね。

小　林：大きいパンダはお母さんです。小さいパンダは
　　　　子供です。

アンナ：かわいいですね。

アンナ：あそこに大きい建物がありますね。あれは何ですか。

小　林：あれは水族館です。きれいな魚がたくさんいます。

アンナ：ここには何もいませんね。

小　林：いますよ。石の上にかめがいます。

アンナ：どの石ですか。

小　林：あの丸い石です。

アンナ：子供がおおぜいいますね。あそこは何ですか。

小　林：動物広場です。

アンナ：動物広場には何がいますか。

小　林：うさぎややぎなどがたくさんいます。

アンナ：わたしの国のうちにも白いうさぎがいます。

小　林：あなたのうちにはやぎもいますか。

アンナ：いいえ、やぎはいません。

新しい漢字

動物園　小林　建物　中　大きい　お母さん

子供　石　上　丸い　広場　国　白い

新しい読み方

建物　小さい　何

パンダは あそこに います

⟳ ここは どうぶつえんです。どうぶつえんには いろいろ
な どうぶつが います。パンダも います。

アンナ：パンダは どこに いますか。

こばやし：パンダは あの たてものの なかに います。

アンナ：おおきい パンダと ちいさい パンダが
　　　　いますね。

こばやし：おおきい パンダは おかあさんです。ちいさい
　　　　パンダは こどもです。

アンナ：かわいいですね。

アンナ：あそこに おおきい たてものが ありますね。
　　　　あれは なんですか。

こばやし：あれは すいぞくかんです。きれいな さかなが
　　　　たくさん います。

アンナ：ここには なにも いませんね。

こばやし：いますよ。いしの うえに かめが います。

アンナ：どの　いしですか。

こばやし：あの　まるい　いしです。

アンナ：こどもが　おおぜい　いますね。あそこは　なん
　　　　　ですか。

こばやし：どうぶつひろばです。

アンナ：どうぶつひろばには　なにが　いますか。

こばやし：うさぎや　やぎなどが　たくさん　います。

アンナ：わたしの　くにの　うちにも　しろい　うさぎが
　　　　　います。

こばやし：あなたの　うちには　やぎも　いますか。

アンナ：いいえ、やぎは　いません。

4　銀行の隣に静かできれいなレストランがあります
ぎんこう　となり　しず

1.	*あおい	[青い]	形容詞I	藍天
2.	*アパート		名詞	公寓
3.	*あまい	[甘い]	形容詞I	甜的
4.	あまり（〜好きではない）		副詞	（不）大・很（不〜喜歡）
5.	いい（あのテーブルが〜）		形容詞I	好的（那桌子是〜）
6.	'いくつ（〜ありますか）		名詞	多少個（有〜？）
7.	いくら（〜ですか）		名詞	多少錢（〜呢？）
8.	いらっしゃいませ		その他	歡迎光臨
9.	'うし	[牛]	名詞	牛
10.	'うま	[馬]	名詞	馬
11.	ええ（〜、あります）		感動詞	是的（〜・有的。）
12.	エビフライ		名詞	炸蝦
13.	えん（750〜）	[円]	接尾語	日幣・日圓（750〜）
14.	'おかね	[お金]	名詞	金錢
15.	'おく	[億]	名詞	億
16.	*おさら	[お皿]	名詞	盤子・碟子
17.	*おとこのこ	[男の子]	名詞	男孩子
18.	おひる	[お昼]	名詞	中午
19.	*おんなのこ	[女の子]	名詞	女孩子
20.	かしこまりました		その他	很好；是的・知道了。
21.	*かたい	[固い]	形容詞I	堅硬的
22.	'かみ	[紙]	名詞	紙
23.	*からい	[辛い]	形容詞I	辣的
24.	カレー		名詞	咖哩
25.	*きって	[切手]	名詞	郵票
26.	*ぎゅうにゅう	[牛乳]	名詞	牛奶
27.	'きらい	[嫌い]	形容詞2	不喜歡的
28.	ください（りんごを〜）		その他	請給我。（〜蘋果）
29.	'くつした	[靴下]	名詞	襪子

30. *グラム（1～）		接尾語	公克・克（1～）	
31. 'こ（1～）	［個］	接尾語	個（1～）	
32. *こ（男の～）	［子］	名詞	孩子（男～）	
33. コーヒー		名詞	咖啡	
34. *コーラ		名詞	可樂	
35. *コップ		名詞	玻璃杯	
36. 'さつ（1～）	［冊］	接尾語	冊（1～）	
37. 'ジュース		名詞	果汁	
38. しゅじん（店の～）	［主人］	名詞	店主・老闆（商店的～）	
39. *しんせつ	［親切］	形容詞2	親切的	
40. スーパー		名詞	超級市場	
41. すき	［好き］	形容詞2	喜歡的	
42. *ステレオ		名詞	立體音響	
43. 'せん	［千］	名詞	千	
44. そうですね（「もうすぐお昼ですね。」「～。」）		その他	是啊（「快到中午了。」「～。」）	
45. 'そく（1～）	［足］	接尾語	雙・對（1～）	
46. 'だい（1～）	［台］	接尾語	台（1～）	
47. 'たまご	［卵］	名詞	雞蛋	
48. *たんす		名詞	衣櫥・衣櫃	
49. ちかく	［近く］	名詞	附近	
50. 'とう（1～）	［頭］	接尾語	頭（1～）	
51. どう（～ですか）		副詞	怎樣？如何？（～呢？）	
52. どうぞ（～入ってください）		副詞	請（～進！）	
53. *にく	［肉］	名詞	肉	
54. 'にん（3～）	［人］	接尾語	人（3～）	
55. ねだん	［値段］	名詞	價值	
56. 'はい（2～）	［杯］	接尾語	杯（2～）	
57. *はがき		名詞	明信片	
58. 'ハンカチ		名詞	手帕	
59. ハンバーグ		名詞	漢堡	
60. *ビール		名詞	啤酒	
61. 'ひき（2～）	［匹］	接尾語	匹・尾（2～）	

4 課
語彙

62.	'ひゃく	［百］	名詞	百
63.	*べんり	［便利］	形容詞2	方便
64.	'ほん（2～）	［本］	接尾語	支・枝（2～）
65.	'まい（1～）	［枚］	接尾語	張（1～）
66.	'まん	［万］	名詞	萬
67.	'みかん		名詞	橘子
68.	'みず	［水］	名詞	水
69.	みせ	［店］	名詞	店
70.	もうすぐ		副詞	快了・馬上
71.	*もの（辛い～）	［物］	名詞	東西・物（辣的～）
72.	りょうり	［料理］	名詞	料理
73.	*れいぞうこ	［冷蔵庫］	名詞	冰箱
74.	レストラン		名詞	餐廳

4 課
語彙

言い方
_{い かた}

1 • この車は新しいですか。
_{くるま あたら}

    いいえ、この車は<u>新しくありません</u>。(<u>新しくないです</u>。)
_{くるま あたら} _{あたら}

  • あなたの部屋は静かですか。
_{へや しず}

    いいえ、わたしの部屋は<u>静かではありません</u>。
_{へや しず}

2 • わたしのかばんは<u>大きくて</u>重いです。
_{おお おも}

  • この店は<u>静かで</u>きれいです。
_{みせ しず}

3 • あのレストランの料理は<u>どうですか</u>。
_{りょうり}

    (あのレストランの料理は) <u>安くて</u>おいしいです。
_{りょうり} _{やす}

4 • この店は<u>あまり</u>きれいでは<u>ありません</u>。
_{みせ}

5 • 窓のそばにテーブルが<u>五つ</u>あります。(⇨ 表 1、2)
_{まど} _{いつ} _{ひょう}

  ○ 机の上にノートが<u>二冊</u>と鉛筆が<u>一本</u>あります。
_{つくえ うえ} _{に さつ} _{えんぴつ} _{いっぽん}

6。いすは<u>いく</u>つあります<u>か</u>。　　（⇨表１、２）

　　（いすは）二十あります。
　　　　　　　　にじゅう

　。男の学生は何人いますか。
　　おとこ　がくせい　なんにん

　　（男の学生は）三人います。
　　　おとこ　がくせい　　さんにん

　。ノートは何冊ありますか。
　　　　　　なんさつ

　　（ノートは）八冊あります。
　　　　　　　　はっさつ

　・ジュースは<u>いくら</u>です<u>か</u>。

　　（ジュースは）四百円です。
　　　　　　　　よんひゃくえん

7。りんご<u>を</u>ください。

　。りんご<u>を</u>五つください。
　　　　　　いつ

　・りんご<u>を</u>五つ<u>と</u>みかんを十ください。
　　　　　　いつ　　　　　　　　とお

8・わたし<u>は</u>バナナ<u>が</u>好きです。
　　　　　　　　　　　す

　。わたしは魚が嫌いです。
　　　　　さかな　きら

　・わたし<u>は</u>このかばん<u>が</u>いいです。

（表１）　数
<small>ひょう　　　かず</small>

1	一	いち	100	百	ひゃく
2	二	に	101	百一	ひゃくいち
3	三	さん	200	二百	にひゃく
4	四	し（よん）	300	三百	さんびゃく
5	五	ご	400	四百	よんひゃく
6	六	ろく	500	五百	ごひゃく
7	七	しち（なな）	600	六百	ろっぴゃく
8	八	はち	700	七百	ななひゃく
9	九	く（きゅう）	800	八百	はっぴゃく
10	十	じゅう	900	九百	きゅうひゃく
11	十一	じゅういち	1,000	千	せん
12	十二	じゅうに	2,000	二千	にせん
13	十三	じゅうさん	3,000	三千	さんぜん
14	十四	じゅうし（じゅうよん）	4,000	四千	よんせん
15	十五	じゅうご	5,000	五千	ごせん
16	十六	じゅうろく	6,000	六千	ろくせん
17	十七	じゅうしち（じゅうなな）	7,000	七千	ななせん
18	十八	じゅうはち	8,000	八千	はっせん
19	十九	じゅうく（じゅうきゅう）	9,000	九千	きゅうせん
20	二十	にじゅう	10,000	一万	いちまん
21	二十一	にじゅういち	100,000	十万	じゅうまん
30	三十	さんじゅう	1,000,000	百万	ひゃくまん
40	四十	よんじゅう	10,000,000	一千万	いっせんまん
50	五十	ごじゅう	100,000,000	一億	いちおく
60	六十	ろくじゅう			
70	七十	ななじゅう（しちじゅう）			
80	八十	はちじゅう			
90	九十	きゅうじゅう			

いっちょう　一兆

（表２）
ひょう

	お金 かね	紙 かみ ハンカチ シャツ	車 くるま 自転車 じてんしゃ テレビ	本 ほん ノート	牛 うし 馬 うま	靴 くつ 靴下 くつ した
	～円 えん	～枚 まい	～台 だい	～冊 さつ	～頭 とう	～足 そく
？	いくら	なんまい	なんだい	なんさつ	なんとう	なんぞく
1	いちえん	いちまい	いちだい	いっさつ	いっとう	いっそく
2	にえん	にまい	にだい	にさつ	にとう	にそく
3	さんえん	さんまい	さんだい	さんさつ	さんとう	さんぞく
4	よえん	よんまい	よんだい	よんさつ	よんとう	よんそく
5	ごえん	ごまい	ごだい	ごさつ	ごとう	ごそく
6	ろくえん	ろくまい	ろくだい	ろくさつ	ろくとう	ろくそく
7	ななえん	ななまい	ななだい	ななさつ	ななとう	ななぞく
8	はちえん	はちまい	はちだい	はっさつ	はっとう	はっそく
9	きゅうえん	きゅうまい	きゅうだい	きゅうさつ	きゅうとう	きゅうそく
10	じゅうえん	じゅうまい	じゅうだい	じっさつ	じっとう	じっそく
100	ひゃくえん	ひゃくまい	ひゃくだい	ひゃくさつ	ひゃくとう	ひゃくそく
1000	せんえん	せんまい	せんだい	せんさつ	せんとう	せんぞく
	7 しちえん	7 しちまい	7 しちだい			
				10 じゅっさつ	10 じゅっとう	10 じゅっそく

	犬 猫 魚 (いぬ ねこ さかな)	鉛筆 傘 (えんぴつ かさ)	水 コーヒー ジュース (みず)	人 (ひと)		卵 りんご みかん (たまご)
	～匹 (ひき)	～本 (ほん)	～杯 (はい)	～人 (にん)		～個 (こ)
?	なんびき	なんぼん	なんばい	なんにん	いくつ	なんこ
1	いっぴき	いっぽん	いっぱい	ひとり	ひとつ	いっこ
2	にひき	にほん	にはい	ふたり	ふたつ	にこ
3	さんびき	さんぼん	さんばい	さんにん	みっつ	さんこ
4	よんひき	よんほん	よんはい	よにん	よっつ	よんこ
5	ごひき	ごほん	ごはい	ごにん	いつつ	ごこ
6	ろっぴき	ろっぽん	ろっぱい	ろくにん	むっつ	ろっこ
7	ななひき	ななほん	ななはい	しちにん	ななつ	ななこ
8	はっぴき	はっぽん	はっぱい	はちにん	やっつ	はっこ
9	きゅうひき	きゅうほん	きゅうはい	きゅうにん	ここのつ	きゅうこ
10	じっぴき	じっぽん	じっぱい	じゅうにん	とお	じっこ
100	ひゃっぴき	ひゃっぽん	ひゃっぱい	ひゃくにん	ひゃく	ひゃっこ
1000	せんびき	せんぽん	せんばい	せんにん	せん	せんこ
	7 しちひき			7 ななにん		
	8 はちひき	8 はちほん	8 はちはい			
	10 じゅっぴき	10 じゅっぽん	10 じゅっぱい			10 じゅっこ

銀行の隣に静かできれいなレストランがあります

(駅の前)

マリア：もうすぐお昼ですね。

リ　サ：そうですね。　この近くに安くておいしい店が
　　　　ありますか。

マリア：ええ、あのスーパーの前にカレーの店がありますよ。

リ　サ：わたしはカレーはあまり好きではありません。

マリア：そうですか。　銀行の隣に大きいレストランが
　　　　あります。　静かできれいな店ですよ。

リ　サ：料理はどうですか。

マリア：おいしいですよ。　エビフライやハンバーグ
　　　　などがあります。

リ　サ：値段はどうですか。

マリア：あまり高くありません。

リ　サ：ハンバーグはいくらですか。

マリア：七百五十円です。

　　ここはレストランです。窓のそばにテーブルが五つあります。

主　人：いらっしゃいませ。

マリア：あのテーブルがいいですね。

主人：どうぞ。
しゅ じん

マリア：ハンバーグとエビフライと、コーヒーを二つください。
ふた

主人：はい、かしこまりました。
しゅ じん

新しい漢字
あたら　　かん じ

お昼　　近く　　安い　　店　　好き　　銀行　　静か
ひる　　ちか　　やす　　みせ　　す　　ぎん こう　　しず

料理　　高い　　七百五十円　　主人
りょう り　　たか　　なな ひゃく ご じゅう えん　　しゅじん

新しい読み方
あたら　　よ　　かた

五つ　　二つ
いつ　　ふた

ぎんこうの　となりに　しずかで　きれいな　レストランが　あります

（えきの　まえ）

マリア：もうすぐ　おひるですね。

リ　サ：そうですね。この　ちかくに　やすくて　おいしい
　　　　みせが　ありますか。

マリア：ええ、あの　スーパーの　まえに　カレーの　みせ
　　　　が　ありますよ。

リ　サ：わたしは　カレーは　あまり　すきでは　ありません。

マリア：そうですか。ぎんこうの　となりに　おおきい
　　　　レストランが　あります。しずかで　きれいな
　　　　みせですよ。

リ　サ：りょうりは　どうですか。

マリア：おいしいですよ。エビフライや　ハンバーグなどが
　　　　あります。

リ　サ：ねだんは　どうですか。

マリア：あまり　たかく　ありません。

リ　サ：ハンバーグは　いくらですか。

マリア：ななひゃくごじゅうえんです。

　ここは　レストランです。まどの　そばに　テーブルが
いつつ　あります。

しゅじん：いらっしゃいませ。

マリア：あの　テーブルが　いいですね。

しゅじん：どうぞ。

マリア：ハンバーグと　エビフライと、コーヒーを
　　　　　ふたつ　ください。

しゅじん：はい、かしこまりました。

5 わたしは毎朝六時に起きます
まいあさろくじ　お

1.	*あさ	[朝]	名詞	早上
2.	*あさごはん	[朝ご飯]	名詞	早餐
3.	'あした		名詞	明天
4.	あと(食事の～で)	[後]	名詞	後(用餐～)
5.	'あびます→あびる	[浴びる]	(他)動詞2	淋浴
6.	*あらいます→あらう	[洗う]	(他)動詞1	洗
7.	いきます→いく	[行く]	(自)動詞1	去
8.	*いちにち	[一日]	名詞	一日・一天
9.	*うみ	[海]	名詞	海洋
10.	*うんどう	[運動]	名詞	運動
11.	おきます→おきる	[起きる]	(自)動詞2	起牀
12.	おすし		名詞	壽司
13.	'おふろ		名詞	洗澡
14.	*おわります→おわる	[終わる]	(自)動詞1	結束・完成
15.	おんがく	[音楽]	名詞	音樂
16.	*かいしゃ	[会社]	名詞	公司
17.	*かいます→かう(りんごを～)	[買う]	(他)動詞1	買(～蘋果)
18.	*かえります→かえる(うちへ～)	[帰る]	(自)動詞1	回去(～家)
19.	かかります→かかる(十分ぐらい～)		(自)動詞1	花費・需要(～大約10分鐘)
20.	'かようび	[火曜日]	名詞	星期二
21.	ききます→きく(音楽を～)	[聴く]	(他)動詞1	聽(～音樂)
22.	きょう	[今日]	名詞	今天
23.	'きんようび	[金曜日]	名詞	星期五
24.	クラシック		名詞	古典音樂
25.	*きます→くる	[来る]	(自)動詞3	來
26.	*ケーキ		名詞	蛋糕
27.	'げつようび	[月曜日]	名詞	星期一

5課
語彙

28.	* ごご	[午後]		名詞	下午
29.	* ごぜんちゅう	[午前中]		名詞	上午，中午以前
30.	* ごはん	[ご飯]		名詞	飯
31.	ごろ(何時〜)			接尾語	約，大約（〜幾點鐘）
32.	* こんばん	[今晩]		名詞	今夜
33.	サンドイッチ			名詞	三明治
34.	じ(1〜)	[時]		接尾語	小時（1〜）
35.	シーディー	[CD]		名詞	CD 雷射唱片
36.	じかん(1〜)	[時間]		接尾語	小時（1〜）
37.	* しぶや	[渋谷]	〈地名〉	名詞	澀谷(地名)
38.	'シャワー			名詞	淋浴
39.	シューベルト		〈人名〉	名詞	舒伯特（人名）
40.	'しょくじ	[食事]		名詞	餐，飲食
41.	ショパン		〈人名〉	名詞	蕭邦（人名）
42.	* しんぶん	[新聞]		名詞	報紙
43.	'すいようび	[水曜日]		名詞	星期三
44.	* スカート			名詞	裙子
45.	します→する(予習を〜)			(他)動詞 3	做（〜預習）
46.	* せんたく	[洗濯]		名詞	洗（〜衣服）
47.	* せんたくき	[洗濯機]		名詞	洗衣機
48.	* そうじ	[掃除]		名詞	打掃
49.	そして(11時ごろ寝ます。〜、6時に起きます)			接続詞	而且，然後（11時左右睡覺。〜6時起床）
50.	それから(7時ごろ起きます。〜、予習をします)			接続詞	然後（7時左右起床。〜預習）
51.	だいがく	[大学]		名詞	大學
52.	たべます→たべる	[食べる]		(他)動詞 2	吃
53.	'だれか(〜いますか)			連語	誰（有〜在嗎？）
54.	ちかい	[近い]		形容詞 1	近的
55.	'デパート			名詞	百貨公司
56.	でます→でる(アパートを〜)	[出る]		動詞 2	出去，離開（〜公寓）
57.	* でんしゃ	[電車]		名詞	電車
58.	* とうきょう	[東京]		名詞	東京 (地名)
59.	どのくらい			副詞	多久，多少

60.	’どようび	[土曜日]	名詞	星期六
61.	*なつやすみ	[夏休み]	名詞	暑假
62.	なにか(〜飲みますか)	[何か]	連語	什麼（喝點〜嗎？）
63.	’なんようび	[何曜日]	名詞	星期幾
64.	’にちようび	[日曜日]	名詞	星期天
65.	にほんごがっこう	[日本語学校]	名詞	日本語學校
66.	ねます→ねる	[寝る]	(自)動詞2	就寢，睡覺
67.	のみます→のむ	[飲む]	(他)動詞1	喝
68.	*のります→のる	[乗る]	(自)動詞1	搭乘
69.	*は	[歯]	名詞	牙齒
70.	パーティー		名詞	晚會，宴會
71.	’はいります→はいる(おふろに〜)[入る]		(自)動詞1	進入（〜洗澡）
72.	*はこ	[箱]	名詞	箱子
73.	’はじまります→はじまる	[始まる]	(自)動詞1	開始
74.	*バス		名詞	公車
75.	はやい(時間が〜)	[早い]	形容詞1	早（時間〜）
76.	’はん(9時〜)	[半]	名詞	半（9點〜）
77.	’はん(1時間〜)	[半]		半（1小時〜）
78.	*パン		名詞	麵包
79.	*ばんごはん	[晩ご飯]	名詞	晚餐
80.	’びょう(1〜)	[秒]	接尾語	秒（1〜）
81.	*ひるごはん	[昼ご飯]	名詞	午餐
82.	*ひるやすみ	[昼休み]	名詞	中午休息，午休
83.	ふくしゅう	[復習]	名詞	復習
84.	*ふゆやすみ	[冬休み]	名詞	寒假
85.	*ふん(2〜)	[分]	接尾語	分（2〜）
86.	ホール		名詞	大廳，會場
87.	まいあさ	[毎朝]	名詞	每天早上
88.	*まいにち	[毎日]	名詞	每天
89.	まいばん	[毎晩]	名詞	每晚
90.	’まえ(食事の〜に)	[前]	名詞	之前（在用餐〜）
91.	’まえ(10時5分〜)	[前]	名詞	之前（10點5分〜）

5課

語彙

92. * みがきます→みがく	［磨く］	㊟動詞1	刷・擦
93. ’みます→みる	［見る］	㊟動詞2	看
94. ’もくようび	［木曜日］	名詞	星期四
95. * やすみのひ	［休みの日］	名詞	假日
96. よしゅう	［予習］	名詞	預習
97. * よみます→よむ	［読む］	㊟動詞1	閲讀
98. * よる	［夜］	名詞	晚上
99. * ラジカセ		名詞	收錄音機
100. * りゅうがくせい	［留学生］	名詞	留學生

言い方
（い かた）

1 • わたしは毎朝六時に起きます。
　（まいあさろくじ）（お）

　○ わたしはあした四時に起きます。
　　　　　　　（よじ）（お）

2 • わたしは毎朝六時に起きます。（⇒ 表 1、2、3）
　（まいあさろくじ）（お）　　　　　　　（ひょう）

3 • わたしは毎晩十時ごろ寝ます。
　（まいばんじゅうじ）（ね）

4 • わたしはハンバーグを食べます。
　　　　　　　　　　（た）

5 • わたしは銀行へ行きます。
　（ぎんこう）（い）

6 • わたしは毎朝八時にうちを出ます。
　（まいあさはちじ）　　　（で）

　○ わたしは毎晩おふろに入ります。
　　（まいばん）（はい）

7 • あなたは毎朝コーヒーを飲みますか。
　（まいあさ）（の）

　　いいえ、（わたしは）コーヒーは飲みません。
　　　　　　　　　　　　　　　　　（の）

　　牛乳を飲みます。
　（ぎゅうにゅう）（の）

　○ 学校は九時には始まりません。九時十分に始まります。
　（がっこう）（くじ）（はじ）　　（くじじっぷん）（はじ）

　○ わたしはデパートへは行きません。スーパーへ行きます。
　　　　　　　　　（い）　　　　　　　　（い）

8 ● (あなたは) 何か飲みますか。

はい、(飲みます。) ジュースを飲みます。

いいえ、何も飲みません。

○ 教室にだれかいますか。

はい、(います。) アンナさんがいます。

いいえ、だれもいません。

9 ● ホールに学生が二百人ぐらいいます。

● あなたは毎晩どのくらい勉強をしますか。(⇨ 表3)

○ あなたは毎晩何時間ぐらい勉強をしますか。

わたしは毎晩三時間ぐらい勉強をします。

10 ● うちから学校まで三十分ぐらいかかります。

○ わたしは毎晩八時から十一時まで勉強をします。

11 ● わたしは勉強の後でテレビを見ます。

○ わたしは食事の前にシャワーを浴びます。

（表１）曜日
ひょう　ようび

なんようび	何曜日
にちようび	日曜日
げつようび	月曜日
かようび	火曜日
すいようび	水曜日
もくようび	木曜日
きんようび	金曜日
どようび	土曜日

（表２）時刻
ひょう　じこく

9：00	9時〔くじ〕
9：10	9時10分〔くじ じっぷん〕
9：15	9時15分〔くじ じゅうごふん〕
9：30	9時30分（9時半）〔くじ さんじっぷん くじ はん〕
9：40	9時40分〔くじ よんじっぷん〕
9：45	9時45分〔くじ よんじゅうごふん〕
9：55	9時55分（10時5分前）〔くじ ごじゅうごふん じゅうじ ごふんまえ〕

5課
言い方

（表３）時・分・秒・時間
ひょう　じ　ふん　びょう　じかん

	～時（じ）	～分（ふん）	～秒（びょう）	～時間（じかん）
？	なんじ	なんぷん	なんびょう	なんじかん
1	いちじ	いっぷん	いちびょう	いちじかん
2	にじ	にふん	にびょう	にじかん
3	さんじ	さんぷん	さんびょう	さんじかん
4	よじ	よんぷん	よんびょう	よじかん
5	ごじ	ごふん	ごびょう	ごじかん
6	ろくじ	ろっぷん	ろくびょう	ろくじかん
7	しちじ	ななふん	ななびょう	しちじかん
8	はちじ	はっぷん（はちふん）	はちびょう	はちじかん
9	くじ	きゅうふん	きゅうびょう	くじかん
10	じゅうじ	じっぷん（じゅっぷん）	じゅうびょう	じゅうじかん
11	じゅういちじ	じゅういっぷん	じゅういちびょう	じゅういちじかん
12	じゅうにじ	じゅうにふん	じゅうにびょう	じゅうにじかん

＊いちじかんさんじっぷん＝いちじかんはん

わたしは毎朝六時に起きます

今日は日本語学校のパーティーです。ホールには学生が二百人ぐらいいます。日本人の学生もいます。

田　中：いろいろな料理がありますね。アンナさんは何を
　　　　食べますか。

アンナ：わたしはサンドイッチを食べます。

田　中：わたしはおすしを食べます。
　　　　何か飲みますか。

アンナ：ええ、わたしはジュースを飲みます。

アンナ：いい音楽ですね。あなたはクラシックが好きですか。

田　中：いいえ、クラシックはあまり聴きません。

アンナ：わたしはシューベルトやショパンが好きです。毎晩
　　　　復習や予習の後で一時間ぐらいCDを聴きます。

田中：そうですか。あなたは毎晩何時ごろ寝ますか。

アンナ：わたしは十一時ごろ寝ます。 そして、六時に
起きます。

田中：六時ですか。早いですね。わたしは毎朝七時ごろ
起きます。それから、予習をします。

アンナ：何時ごろ大学へ行きますか。

田中：九時ごろアパートを出ます。

アンナ：アパートから大学までどのくらいかかりますか。

田中：十分ぐらいです。

アンナ：近いですね。

新しい漢字

食べる	飲む	毎晩	復習	予習	後
た	の	まい ばん	ふく しゅう	よ しゅう	あと

一時間	寝る	六時	起きる	早い	毎朝
いち じ かん	ね	ろく じ	お	はや	まい あさ

九時	出る	十分
く じ	で	じっ ぷん

新しい読み方

学生	二百人	田中	七時	大学	行く	十分
がくせい	にひゃくにん	たなか	しちじ	だいがく	い	じっぷん

わたしは まいあさ ろくじに おきます

きょうは にほんごがっこうの パーティーです。ホール
には がくせいが にひゃくにんぐらい います。にほんじ
んの がくせいも います。

たなか：いろいろな りょうりが ありますね。アンナさん
　　　　は なにを たべますか。

アンナ：わたしは サンドイッチを たべます。

たなか：わたしは おすしを たべます。なにか のみますか。

アンナ：ええ、わたしは ジュースを のみます。

アンナ：いい おんがくですね。あなたは クラシックが
　　　　すきですか。

たなか：いいえ、クラシックは あまり ききません。

アンナ：わたしは シューベルトや ショパンが すきです。
　　　　まいばん ふくしゅうや よしゅうの あとで
　　　　いちじかんぐらい ＣＤを ききます。

たなか：そうですか。あなたは まいばん なんじごろ ねますか。

アンナ：わたしは じゅういちじごろ ねます。そして、
　　　　ろくじに おきます。

たなか：ろくじですか。はやいですね。わたしは まいあさ
　　　　しちじごろ おきます。それから、よしゅうを します。

アンナ：なんじごろ だいがくへ いきますか。

たなか：くじごろ アパートを でます。

アンナ：アパートから だいがくまで どのくらい かかりますか。

たなか：じっぷんぐらいです。

アンナ：ちかいですね。

6 東京ドームへ行きました
とうきょう　　　　　い

1. *あかるい	[明るい]	形容詞I	明亮的
2. 'あさって		名詞	後天
3. *あたたかい	[暖かい]	形容詞I	温暖的
4. *あつい (今日は〜)	[暑い]	形容詞I	熱的 (今天〜)
5. 'あに	[兄]	名詞	哥哥
6. 'あね	[姉]	名詞	姊姊
7. *あめ	[雨]	名詞	雨
8. *いけぶくろ	[池袋] 〈地名〉	名詞	池袋 (地名)
9. *いそがしい	[忙しい]	形容詞I	忙碌的
10. いっしょに	[一緒に]	副詞	一起
11. *いつも		副詞	常常
12. *いみ	[意味]	名詞	意思・意義
13. 'いもうと	[妹]	名詞	妹妹
14. 'いもうとさん	[妹さん]	名詞	(你・他的) 妹妹
15. *うえの	[上野] 〈地名〉	名詞	上野 (地名)
16. *うんどうじょう	[運動場]	名詞	運動場
17. 'えいが	[映画]	名詞	電影
18. えはがき	「絵はがき]	名詞	風景明信片
19. 'エヌエイチケーホール	[NHKホール]	名詞	NHK會館 (大廈名)
20. 'おくさん	[奥さん]	名詞	(你/他) 妻子
21. *おげんきですか	[お元気ですか]	その他	你好嗎?
22. 'おじょうさん	[お嬢さん]	名詞	(你/他的) 女兒
23. 'おっと	[夫]	名詞	(自己的) 丈夫
24. 'おと	[音]	名詞	聲音
25. 'おとうさん	[お父さん]	名詞	爸爸
26. おとうと	[弟]	名詞	(自己的) 弟弟
27. 'おとうとさん	[弟さん]	名詞	(你・他的) 弟弟
28. 'おととい		名詞	前天
29. 'おととし		名詞	前年
30. 'おにいさん	[お兄さん]	名詞	哥哥

31.	'おねえさん	[お姉さん]		名詞	姊姊
32.	*おります→おりる	[降りる]		(自)動詞2	下降，下車
33.	'かぞく	[家族]		名詞	家庭
34.	かたち	[形]		名詞	形式，形狀
35.	*かんたん	[簡単]		形容詞2	容易，簡單
36.	'きこえます→きこえる	[聞こえる]		(自)動詞2	聽到
37.	きのう	[昨日]		名詞	昨天
38.	'きょうだい	[兄弟]		名詞	兄弟姊妹
39.	*きょうと	[京都]	〈地名〉	名詞	京都（地名）
40.	'きょねん	[去年]		名詞	去年
41.	*けさ	[今朝]		名詞	今天早上
42.	*げんき	[元気]		形容詞2	有精神，健康
43.	*こうこうせい	[高校生]		名詞	高中生
44.	*こえ	[声]		名詞	聲音
45.	'ごかぞく	[ご家族]		名詞	（你／他的）家庭
46.	'ごきょうだい	[ご兄弟]		名詞	（你／他的）兄弟姊妹
47.	'ごしゅじん	[ご主人]		名詞	（你／他的）先生，丈夫
48.	'ことし	[今年]		名詞	今年
49.	*ことば	[言葉]		名詞	語言，詞
50.	*このまえ	[この前]		名詞	上次
51.	'ごふうふ	[ご夫婦]		名詞	夫婦
52.	'ごりょうしん	[ご両親]		名詞	（你／他的）父母
53.	'こんげつ	[今月]		名詞	這個月
54.	*コンサート			名詞	音樂會，演唱會
55.	'こんしゅう	[今週]		名詞	這個星期
56.	*こんや	[今夜]		名詞	今夜，今晚
57.	サッカー			名詞	足球
58.	*さむい	[寒い]		形容詞1	寒冷的
59.	'さらいげつ	[再来月]		名詞	下下個月
60.	'さらいしゅう	[再来週]		名詞	下下星期
61.	'さらいねん	[再来年]		名詞	後年
62.	*ざんねん	[残念]		形容詞2	可惜，遺憾
63.	しあい	[試合]		名詞	比賽

6課

語彙

64.	’し<u>け</u>ん	[試験]	名詞	考試
65.	*じ<u>ぶ</u>ん	[自分]	名詞	自己
66.	’し<u>ゅじ</u>ん（わたしの〜）	[主人]	名詞	（自己的）丈夫
67.	*し<u>ょうがく</u>せい	[小学生]	名詞	小學生
68.	*し<u>んかん</u>せん	[新幹線]	名詞	新幹線
69.	す<u>いどう</u>ばし	[水道橋]〈地名〉	名詞	水道橋（地名）
70.	*す<u>き</u>やき	[すき焼き]	名詞	日式火鍋
71.	*す<u>ず</u>しい	[涼しい]	形容詞Ⅰ	涼快的
72.	ス<u>ポー</u>ツ		名詞	運動
73.	’せ<u>んげ</u>つ	[先月]	名詞	上個月
74.	’せ<u>んしゅ</u>う	[先週]	名詞	上週
75.	’せ<u>んせんげ</u>つ	[先々月]	名詞	上上個月
76.	’せ<u>んせんしゅ</u>う	[先々週]	名詞	上上星期
77.	そ<u>れはよかったです</u>ね		その他	這很好
78.	*タ<u>イ</u>		名詞	泰國
79.	*た<u>いしか</u>ん	[大使館]	名詞	大使館
80.	*タ<u>イりょう</u>り	[タイ料理]	名詞	泰國料理
81.	*た<u>の</u>しい	[楽しい]	形容詞Ⅰ	快樂
82.	*タ<u>ン</u>	〈人名〉	名詞	唐（人名）
83.	’ち<u>ち</u>	[父]	名詞	（自己的）爸爸
84.	’<u>つ</u>ま	[妻]	名詞	（自己的）妻子
85.	*テ<u>ィーシャ</u>ツ	[Tシャツ]	名詞	圓頭衫・汗衫・T恤
86.	’<u>テニ</u>ス		名詞	網球
87.	’<u>てん</u>き	[天気]	名詞	天氣
88.	と<u>うきょうドー</u>ム	[東京ドーム]	名詞	東京巨蛋
89.	*と<u>き</u>（子供の〜）		名詞	時候（小孩子的〜）
90.	と<u>きど</u>き		副詞	有時候
91.	ど<u>こ</u>か		連語	哪裡
92.	*と<u>こ</u>ろ（上野はどんな〜ですか）[所]		名詞	地方（上野是怎樣的〜？）
93.	と<u>て</u>も		副詞	非常
94.	と<u>もだ</u>ち	[友達]	名詞	朋友
95.	ど<u>ん</u>な（〜スポーツ）		連体詞	哪一類的（〜運動）
96.	’ど<u>ん</u>な（〜うち）		連体詞	怎樣的（〜的家）
97.	*な<u>かの</u>	[中野]〈地名〉	名詞	中野（地名）

98.	*ニュース		名詞	新聞
99.	*にんじん		名詞	胡蘿蔔
100.	ばいてん	[売店]	名詞	小賣店
101.	'はこね	[箱根]〈地名〉	名詞	箱根（地名）
102.	*はたけ	[畑]	名詞	旱田
103.	*バドミントン		名詞	羽球
104.	'はは	[母]	名詞	（自己的）媽媽
105.	'ピアノ		名詞	鋼琴
106.	*ひま	[暇]	形容詞2	閒暇
107.	*ピンポン		名詞	乒乓球
108.	'ふうふ	[夫婦]	名詞	夫婦
109.	*ふゆ	[冬]	名詞	冬天
110.	*ほっかいどう	[北海道]〈地名〉	名詞	北海道（地名）
111.	*まいしゅう	[毎週]	名詞	每週
112.	みえます→みえる	[見える]	(自)動詞2	能看見，看得到
113.	みち	[道]	名詞	馬路
114.	*むかし	[昔]	名詞	過去，很久以前
115.	'むすこ	[息子]	名詞	（自己的）兒子
116.	'むすこさん	[息子]	名詞	（你/他的）兒子
117.	'むすめ	[娘]	名詞	（自己的）女兒
118.	やきゅう	[野球]	名詞	棒球
119.	やきゅうじょう	[野球場]	名詞	棒球場
120.	*やすみ（図書館は〜だ）	[休み]	名詞	休息（圖書館〜）
121.	*ゆうべ（〜はうちにいた）		名詞	昨晚（〜在家。）
122.	*ようちえん	[幼稚園]	名詞	幼稚園
123.	よく（駅から〜見える）		副詞	好好地，經常（從車站〜看得到。）
124.	'らいげつ	[来月]	名詞	下個月
125.	'らいしゅう	[来週]	名詞	下週
126.	'らいねん	[来年]	名詞	明年
127.	*りょう	[寮]	名詞	宿舍
128.	'りょうしん	[両親]	名詞	雙親
129.	ルール		名詞	規則
130.	わかります→わかる	[分かる]	(自)動詞1	明白，懂

言い方
（いかた）

1 • わたしはおとといスーパーへ行きました。（⇨表1）

  • わたしは昨日はスーパーへ行きませんでした。

2 • 昨日の試験は難しかったです。

  ○ 先週の試験はあまり難しくありませんでした。

  ○ わたしは英語の勉強が好きでした。

  ○ わたしは数学の勉強が好きではありませんでした。

3 • 昨日はいい天気でした。

  ○ おとといはいい天気ではありませんでした。

4 • わたしは毎日図書館で勉強します。

5 • あの人は英語が分かります。

  • 窓から富士山が見えます。

  ○ 隣の部屋からピアノの音が聞こえます。

6 • あなたは昨日どこかへ行きましたか。

    はい、（行きました。）新宿へ行きました。

    いいえ、どこへも行きませんでした。

7・あなたは<u>どんな</u>スポーツが好_すきです<u>か</u>。
　　わたしはテニスが好_すきです。

　○木村_{きむら}さんのうちは<u>どんな</u>うちですか。
　　（木村_{きむら}さんのうちは）新_{あたら}しくてきれいなうちです。

8・お母_{かあ}さんはどこにいますか。（⇨図_ず1、2）
　　母_{はは}は庭_{にわ}にいます。

9・わたしはアリフさん<u>と一緒_{いっしょ}に</u>渋谷_{しぶや}へ行_いきました。
　・わたしは昨日_{きのう}友達_{ともだち}<u>と</u>映画_{えいが}を見_みました。

10・わたしは土曜日_{どようび}にＮＨＫ_{エヌエイチケイ}ホールへ行_いきました。
　　<u>それ</u>はどこにありますか。
　　（それは）渋谷_{しぶや}にあります。
　○わたしは今晩_{こんばん}ジョンさんと食事_{しょくじ}をします。
　　<u>その人_{ひと}</u>はどこの国_{くに}の人_{ひと}ですか。
　　（その人_{ひと}は）アメリカの人_{ひと}です。
　○わたしは昨日_{きのう}新宿_{しんじゅく}のデパートへ行_いきました。<u>そこ</u>で
　　かばんを買_かいました。

11・わたしは日曜日_{にちようび}に箱根_{はこね}へ行_いきました。富士山_{ふじさん}が
　　よく見_みえました。
　　<u>それ</u>は良_よかったですね。

12●わたしは昨日東京ドームへ行きました。

東京ドームですか。それは何ですか。

（それは）野球場です。

（表１）

おととい	きのう	きょう	あした	あさって
	昨　日	今　日		
せんせんしゅう	せんしゅう	こんしゅう	らいしゅう	さらいしゅう
先々週	先　週	今　週	来　週	再来週
せんせんげつ	せんげつ	こんげつ	らいげつ	さらいげつ
先々月	先　月	今　月	来　月	再来月
おととし	きょねん	ことし	らいねん	さらいねん
	去　年	今　年	来　年	再来年

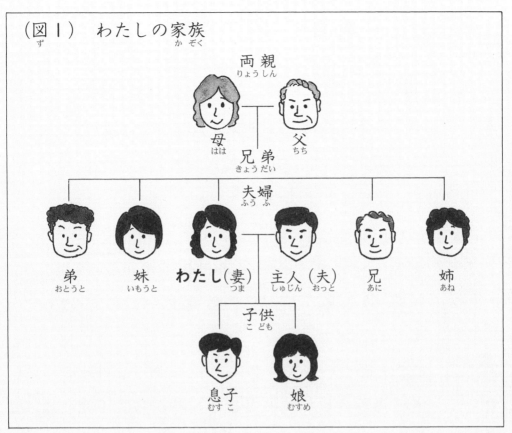

（図1）　わたしの家族

両親（りょうしん）

母（はは）　　父（ちち）

兄弟（きょうだい）

夫婦（ふうふ）

弟（おとうと）　妹（いもうと）　わたし（妻）（つま）　主人（夫）（しゅじん）（おっと）　兄（あに）　姉（あね）

子供（こども）

息子（むすこ）　娘（むすめ）

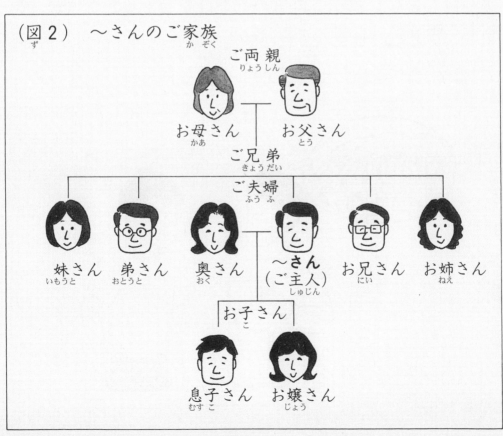

（図2）　～さんのご家族

ご両親（りょうしん）

お母さん（かあ）　　お父さん（とう）

ご兄弟（きょうだい）

ご夫婦（ふうふ）

妹さん（いもうと）　弟さん（おとうと）　奥さん（おく）　～さん（ご主人）（しゅじん）　お兄さん（にい）　お姉さん（ねえ）

お子さん（こ）

息子さん（むすこ）　お嬢さん（じょう）

6課

言い方

東京ドームへ行きました
とうきょう　　　　い

（道で）
みち

チ　ン：アリフさんは昨日どこかへ行きましたか。
　　　　　　　　　　きのう　　　　　　い

アリフ：いいえ、わたしはどこへも行きませんでした。
　　　　　　　　　　　　　　　　　　い

　　　　うちにいました。チンさんは。

チ　ン：わたしは弟と東京ドームへ行きました。
　　　　　　　おとうと　とうきょう　　　い

アリフ：東京ドームですか。　それは何ですか。
　　　　とうきょう　　　　　　　　　なん

チ　ン：野球場です。　売店で東京ドームの絵はがきを
　　　　やきゅうじょう　　ばいてん　とうきょう　　え

　　　　買いましたよ。　これです。
　　　　か

アリフ：とても面白い形ですね。　どこにありますか。
　　　　　　　おもしろ　かたち

チ　ン：水道橋駅の近くにあります。駅からよく見えますよ。
　　　　すいどうばしえき　ちか　　　　　えき　　　　　み

アリフ：そうですか。　昨日の試合は面白かったですか。
　　　　　　　　　　　きのう　しあい　おもしろ

チ　ン：ええ、面白くていい試合でした。
　　　　　　おもしろ　　　　しあい

アリフ：それは良かったですね。
　　　　　　　よ

チ　ン：あなたは野球が好きですか。

アリフ：いいえ。わたしはルールがよく分かりません。

チ　ン：そうですか。あなたはどんなスポーツが好きですか。

アリフ：わたしはサッカーが好きです。ときどき公園で
　　　　友達と一緒にサッカーをします。

新しい漢字

道　弟　東京　野球場　売店　絵はがき
みち　おとうと　とうきょう　や　きゅうじょう　ばいてん　え

買います　形　水道橋駅　見えます　試合
か　かたち　すいどうばしえき　み　し　あい

公園
こう　えん

新しい読み方

野球場　売店　水道橋駅　分かります
や　きゅうじょう　ばいてん　すいどうばしえき　わ

とうきょうドームへ いきました

(みちで)

チ ン：アリフさんは きのう どこかへ いきましたか。

アリフ：いいえ、わたしは どこへも いきませんでした。

うちに いました。

チンさんは。

チ ン：わたしは おとうとと とうきょうドームへ

いきました。

アリフ：とうきょうドームですか。

それは なんですか。

チ ン：やきゅうじょうです。

ばいてんで とうきょうドームの えはがきを

かいましたよ。

これです。

アリフ：とても おもしろい かたちですね。

どこに ありますか。

チ ン：すいどうばしえきの ちかくに あります。

えきから よく みえますよ。

アリフ：そうですか。

　　　　きのうの　しあいは　おもしろかったですか。

チ　ン：ええ、おもしろくて　いい　しあいでした。

アリフ：それは　よかったですね。

チ　ン：あなたは　やきゅうが　すきですか。

アリフ：いいえ。

　　　　わたしは　ルールが　よく　わかりません。

チ　ン：そうですか。

　　　　あなたは　どんな　スポーツが　すきですか。

アリフ：わたしは　サッカーが　すきです。

　　　　ときどき　こうえんで　ともだちと　いっしょに　サ

　　　　ッカーを　します。

7 リサさんは行くと思います
い　おも

1.	'あき	[秋]	名詞	秋天
2.	あげる(チケットを～)		(他)動詞2	給(～票)
3.	*あずける	[預ける]	(他)動詞2	交託，貯存
4.	'あそびます→あそぶ	[遊ぶ]	(自)動詞1	玩遊戲
5.	いつ		代名詞	何時
6.	*いっせいしけん	[一斉試験]	名詞	聯考
7.	*うまれます→うまれる	[生まれる]	(自)動詞2	誕生，產生
8.	*え	[絵]	名詞	畫，圖
9.	えいかいわ	[英会話]	名詞	英語會話
10.	えんそうかい	[演奏会]	名詞	演奏會
11.	*おくります→おくる(友達を～)	[送る]	(他)動詞1	送行(～友人)
12.	*おちます→おちる(財布が～)	[落ちる]	(自)動詞2	掉(～錢包)
13.	*おてら	[お寺]	名詞	寺廟
14.	おもいます→おもう	[思う]	(他)動詞1	想，思考
15.	'およぎます→およぐ	[泳ぐ]	(自)動詞1	游泳
16.	*おろします→おろす(お金を～)	[下ろす]	(他)動詞1	提取(～金錢)
17.	*かいもの	[買い物]	名詞	買東西，購物
18.	'かきます→かく(字を～)	[書く]	(他)動詞1	寫(～字)
19.	*かきます→かく(絵を～)		(他)動詞1	繪畫(～畫)
20.	'がつ(1～)	[月]	接尾語	月(1～)
21.	くうこう	[空港]	名詞	機場
22.	*けいざい	[経済]	名詞	經濟
23.	*けっこんします→けっこんする	[結婚する]	(自)動詞3	結婚
24.	こと	[琴]	名詞	箏
25.	*こどものひ	[子供の日]	名詞	兒童節
26.	'このあいだ	[この間]	名詞	最近，前幾天
27.	*こわれます→こわれる	[壊れる]	(自)動詞2	損壞

7課
語彙

28.	* こんど	[今度]	名詞	此次
29.	* さいふ	[財布]	名詞	錢包
30.	* さんぽ	[散歩]	名詞	散步
31.	じかん	[時間]	名詞	時間
32.	' しにます→しぬ	[死ぬ]	(自)動詞 I	死亡
33.	じゃあ(～、田中さんはどうですか)		接続詞	那麼（～田中先生，如何？）
34.	* しゃしん	[写真]	名詞	相片
35.	* しょうがっこう	[小学校]	名詞	小學
36.	* じんじゃ	[神社]	名詞	神社
37.	* すいか		名詞	西瓜
38.	* せんもん	[専門]	名詞	專業
39.	* タクシー		名詞	計程車
40.	* だします→だす(手紙を～)	[出す]	(他)動詞 I	寄（～信）
41.	* たち(子供～)		接尾語	們（孩子～）
42.	' たつ	[立つ]	(自)動詞 I	站立
43.	* タロ 〈犬の名〉		名詞	太郎（狗名）
44.	' たんじょうび	[誕生日]	名詞	生日
45.	チケット		名詞	車票
46.	* チャイム		名詞	音樂鐘
47.	' つき(一番寒い～)	[月]	名詞	月份（最寒冷的～）
48.	* つくります→つくる	[作る]	(他)動詞 I	製作
49.	* てがみ	[手紙]	名詞	信件
50.	* でます→でる(虹が～)	[出る]	(自)動詞 2	出現（～彩虹）
51.	* でんしこうがく	[電子工学]	名詞	電子工學
52.	* とります→とる(写真を～)	[撮る]	(他)動詞 I	照（～相）
53.	なかのサンプラザ [中野サンプラザ] 〈ホール名〉		名詞	中野太陽城
54.	* なきます→なく	[泣く]	(自)動詞 I	哭泣
55.	' なつ	[夏]	名詞	夏天
56.	なりた	[成田] 〈地名〉	名詞	成田（地名）
57.	なりたくうこう	[成田空港]	名詞	成田機場
58.	* なります→なる(チャイムが～)	[鳴る]	(自)動詞 I	鳴，響（音樂鐘～）

59.	*にじ	[虹]	名詞	彩虹
60.	'にち(11〜)	[日]	接尾語	日（11〜）
61.	*にもつ	[荷物]	名詞	行李
62.	*にゅういんします→にゅういんする			
		[入院する]	(自)動詞3	入院・住院
63.	*にゅうがくします→にゅうがくする			
		[入学する]	(自)動詞3	入學
64.	*にんぎょう	[人形]	名詞	洋娃娃
65.	*ネクタイ		名詞	領帶
66.	'ねん	[年]	接尾語	年
67.	ばしょ	[場所]	名詞	地方
68.	'はしります→はしる	[走る]	(自)動詞1	跑
69.	'はなします→はなす	[話す]	(他)動詞1	講話
70.	'ばら		名詞	玫瑰花
71.	'はる	[春]	名詞	春天
72.	*はれます→はれる	[晴れる]	(自)動詞2	天晴・放晴
73.	ひ(その〜)	[日]	名詞	天（那〜）
74.	*ひきます→ひく(ピアノを〜)	[弾く]	(他)動詞1	彈（〜鋼琴）
75.	*フランス		名詞	法國
76.	*フランスご	[フランス語]	名詞	法文
77.	*プール		名詞	游泳池
78.	'ふります→ふる(雨が〜)	[降る]	(自)動詞1	下（〜雨）
79.	*プレゼント		名詞	禮物
80.	*べんきょうします→べんきょうする			
		[勉強する]	(他)動詞3	學習
81.	*へんじ	[返事]	名詞	回答・答應
82.	*まちます→まつ	[待つ]	(他)動詞1	等待
83.	むかえます→むかえる(友達を迎えに行く)			
		[迎える]	(他)動詞2	迎接（〜友人）
84.	*めずらしい	[珍しい]	形容詞1	稀奇・非凡
85.	もらいます→もらう		(他)動詞1	接到

言い方
(い かた)

1 ・ あしたは雨が降る と 思います。(⇨ 表１)
    あめ ふ   おも   ひょう
  ・ あさっては雨が降らない と 思います。
        あめ ふ   おも

2 ・ あなたは新宿へ 何をしに 行きましたか。
        しんじゅく なに   い
      わたしは新宿へ テレビを買いに 行きました。
        しんじゅく   か   い
  ・ リサさんは日本へ 音楽の勉強に 来ました。
        に ほん おんがく べんきょう き

3 ○ だれがこの絵をかきましたか。
          え
      木村さんが (この絵を) かきました。
      き むら   え
  ・ あした母が日本へ来ます。わたしは成田空港へ母を
        はは に ほん き   なり たくうこう はは
    迎えに行きます。
    むか い

4 ・ 田中さんはリサさんにばらの花を あげました。
      た なか   はな

5 ・ わたしは友達からハンカチを もらいました。
          ともだち

6 ○ あなたはいつアメリカへ行きますか。(⇨ 表２、３)
              い   ひょう
      来月行きます。
      らいげつ い
  ・ パーティーはいつですか。
      七月八日です。
      しちがつようか

7 • パーティーは来週の月曜日で、時間は午後七時からです。
らいしゅう げつようび じかん ご ご しちじ

（パーティーは来週の月曜日です。時間は午後七時からです。）
らいしゅう げつようび じかん ご ご しちじ

（表１）
ひょう

	〜ます	〜ない	辞書の形 じ しょ かたち
動詞 どう し Ⅰ	かきます	かかない	かく （書く）
	いきます	いかない	いく （行く）
	およぎます	およがない	およぐ （泳ぐ）
	はなします	はなさない	はなす （話す）
	たちます	たたない	たつ （立つ）
	しにます	しなない	しぬ （死ぬ）
	あそびます	あそばない	あそぶ （遊ぶ）
	よみます	よまない	よむ （読む）
	のります	のらない	のる （乗る）
	あります	*ない	ある
	かいます	かわない	かう （買う）
	かえります	かえらない	かえる （帰る）
	はいります	はいらない	はいる （入る）
	はしります	はしらない	はしる （走る）
動詞 どう し Ⅱ	おきます	おきない	おきる （起きる）
	たべます	たべない	たべる （食べる）
動詞 どう し Ⅲ	きます	こない	くる （来る）
	します	しない	する

（表 2）　月・日
ひょう　　　　つき　ひ

月 つき		日 ひ		
なんがつ	何月	?	なんにち	何日
いちがつ	1月	1	ついたち	1日
にがつ	2月	2	ふつか	2日
さんがつ	3月	3	みっか	3日
しがつ	4月	4	よっか	4日
ごがつ	5月	5	いつか	5日
ろくがつ	6月	6	むいか	6日
しちがつ	7月	7	なのか	7日
はちがつ	8月	8	ようか	8日
くがつ	9月	9	ここのか	9日
じゅうがつ	10月	10	とおか	10日
じゅういちがつ	11月	11	じゅういちにち	11日
じゅうにがつ	12月	12	じゅうににち	12日
		13	じゅうさんにち	13日
		14	じゅうよっか	14日
		15	じゅうごにち	15日
		16	じゅうろくにち	16日
		17	じゅうしちにち	17日
		18	じゅうはちにち	18日
		19	じゅうくにち	19日
		20	はつか	20日
		21	にじゅういちにち	21日
		22	にじゅうににち	22日
		23	にじゅうさんにち	23日
		24	にじゅうよっか	24日
		25	にじゅうごにち	25日
		26	にじゅうろくにち	26日
		27	にじゅうしちにち	27日
		28	にじゅうはちにち	28日
		29	にじゅうくにち	29日
		30	さんじゅうにち	30日
		31	さんじゅういちにち	31日

7課
言い方

（表3）
ひょう

「に」をつけるもの	「に」をつけないもの
〜年 ねん	去年・今年・来年 きょねん　ことし　らいねん
〜月 がつ	先月・今月・来月 せんげつ　こんげつ　らいげつ
一日・〜日・〜日 ついたち　　か　　にち	先週・今週・来週 せんしゅう　こんしゅう　らいしゅう
〜曜日 よう び	おととい・昨日・今日・あした・あさって きのう　きょう
〜時 じ	ゆうべ・今朝・今夜・今晩 け さ　こんや　こんばん
〜分 ふん	今 いま
〜半 はん	毎週・毎日・毎朝・毎晩 まいしゅう　まいにち　まいあさ　まいばん
昼休み・夏休み・冬休み ひるやす　　なつやす　　　ふゆやす	朝・夜 あさ　よる
誕生日 たんじょうび	春・夏・秋・冬 はる　なつ　あき　ふゆ
	昔 むかし
	この前・この間 まえ　　あいだ
	いつ
	〜ごろ（に）
	〜とき（に）

リサさんは行くと思います

（学校の庭で）

アンナ：わたしは先生から琴の演奏会のチケットを三枚
　　　　もらいました。

チ　ン：何の演奏会ですか。

アンナ：琴の演奏会ですよ。わたしはマリアさんに一枚
　　　　あげました。あなたもどうですか。

チ　ン：演奏会はいつですか。

アンナ：来週の土曜日で、時間は午後七時からです。場所は
　　　　中野サンプラザです。

7 課
会話文

チ　ン：来週の土曜日ですか。その日は母が日本へ来ます。

わたしは成田空港へ母を迎えに行きます。

アンナ：そうですか。じゃあ、田中さんはどうですか。

チ　ン：田中さんも行かないと思います。田中さんは土曜日

の夜はいつも渋谷へ英会話の勉強に行きます。

アンナ：そうですか。リサさんはどうですか。

チ　ン：リサさんは行くと思いますよ。リサさんは音楽が

好きです。

新しい漢字

演奏会　三枚　来週　土曜日　午後　場所
えんそうかい　さんまい　らいしゅう　どようび　ごご　ばしょ

空港　思う　夜　英会話　勉強
くうこう　おも　よる　えいかいわ　べんきょう

新しい読み方

土曜日　午後　中野　日　母　来ます
どようび　ごご　なかの　ひ　はは　き

リサさんは いくと おもいます

（がっこうの にわで）

アンナ：わたしは せんせいから ことの えんそうかいの
チケットを さんまい もらいました。

チ ン：なんの えんそうかいですか。

アンナ：ことの えんそうかいですよ。わたしは マリア
さんに いちまい あげました。あなたも
どうですか。

チ ン：えんそうかいは いつですか。

アンナ：らいしゅうの どようびで、じかんは ごご しちじ
からです。ばしょは なかのサンプラザです。

チ ン：らいしゅうの どようびですか。その ひは はは
が にほんへ きます。わたしは なりたくうこう
へ ははを むかえに いきます。

アンナ：そうですか。じゃあ、たなかさんは どうですか。

チ ン：たなかさんも いかないと おもいます。
たなかさんは どようびの よるは いつも しぶやへ
えいかいわの べんきょうに いきます。

アンナ：そうですか。リサさんは どうですか。

チ ン：リサさんは いくと おもいますよ。リサさんは
おんがくが すきです。

8　今日は学校が終わってから、ピアノのレッスンに行きます
きょう　がっこう　お　　　　　　　　　　　　　　　　　　　　　　い

1.	＊アルバイト		名詞	打工
2.	うける（レッスンを～）	［受ける］	他動詞2	接受，上（～課）
3.	＊おきゃくさん	［お客さん］	名詞	客人
4.	＊おじ		名詞	（自己的）舅舅・伯叔
5.	＊おしえる（平仮名を～）	［教える］	他動詞2	教（～平假名）
6.	おちゃ	［お茶］	名詞	茶
7.	＊おば		名詞	（自己的）阿姨
8.	＊おみやげ	［お土産］	名詞	特産・禮物
9.	＊おもちゃ		名詞	玩具
10.	＊かお（～を洗う）	［顔］	名詞	臉（洗～）
11.	＊かける（電話を～）		他動詞2	掛・打（～電話）
12.	＊かびん	［花びん］	名詞	花瓶
13.	＊きゅうしゅう	［九州］〈地名〉	名詞	九州（地名）
14.	＊ぎんざ	［銀座］〈地名〉	名詞	銀座（地名）
15.	くれる（りんごを～）		他動詞2	給（～蘋果）
16.	＊けす（黒板を～）	［消す］	他動詞1	抹去・擦（～黒板）
17.	＊こうこう	［高校］	名詞	高中
18.	＊こくばん	［黒板］	名詞	黑板
19.	＊こと（どんな～をする）		名詞	事情（做什麼～）
20.	＊さくぶん	［作文］	名詞	作文
21.	＊じゅぎょう	［授業］	名詞	上課・課
22.	＊すぐ（～行く）		副詞	馬上（～去）
23.	＊スプーン		名詞	湯匙
24.	＊セーター		名詞	毛衣
25.	そうぶせん	［総武線］	名詞	總武線（電車名）
26.	＊たいてい		副詞	平常・大概・多半
27.	＊だす（先生に宿題を～）	［出す］	他動詞1	拿出・提出
28.	＊ちかてつ	［地下鉄］	名詞	地下鐵
29.	ちょうど（その日は～わたしの誕生日だった）			正好・碰巧（那一
			副詞	天～是我的生日。）

8課
語彙

30.	*チューリップ		名詞	鬱金香
31.	*てぶくろ	[手袋]	名詞	手套
32.	*てんいん	[店員]	名詞	店員
33.	*でんわ	[電話]	名詞	電話
34.	*どうやって(〜来る)		副詞	怎樣(〜來)
35.	*とおい	[遠い]	形容詞Ⅰ	遠的
36.	*ナイフ		名詞	小刀
37.	*なかがわ	[中川] 〈人名〉	名詞	中川(人名)
38.	のりかえる	[乗り換える]	(他)動詞2	換車
39.	*はいる(学校に〜)	[入る]	(自)動詞Ⅰ	進入(〜學校)
40.	*はし(〜で食べる)		名詞	筷子(用〜進食)
41.	はなし	[話]	名詞	話・話題
42.	*ははのひ	[母の日]	名詞	母親節
43.	*ひこうき	[飛行機]	名詞	飛機
44.	*フォーク		名詞	叉子
45.	*ぶつり	[物理]	名詞	物理
46.	*ブラウス		名詞	襯衫(女性用的)
47.	*まさお	[正男] 〈人名〉	名詞	正男(人名)
48.	*みどり(〜のシャツ)	[緑]	名詞	綠色(〜的襯衫)
49.	*みんな(〜からもらう)		名詞	大家(從〜那裏得到)
50.	めぐろ	[目黒] 〈地名〉	名詞	目黒(地名)
51.	*やさい	[野菜]	名詞	蔬菜
52.	*やすむ(少し〜)	[休む]	(自)動詞Ⅰ	休息(稍稍〜)
53.	やまのてせん	[山手線]	名詞	山手線(電車名)
54.	*やむ(雨が〜)		(自)動詞Ⅰ	停止(雨〜)
55.	*ゆびわ	[指輪]	名詞	戒指
56.	*りょこう	[旅行]	名詞	旅遊・旅行
57.	レッスン		名詞	課程
58.	*ワイン		名詞	葡萄酒

言い方
　<ruby>言<rt>い</rt></ruby><ruby>方<rt>かた</rt></ruby>

1・<ruby>学校<rt>がっこう</rt></ruby>は<ruby>九時<rt>くじ</rt></ruby>に<u><ruby>始<rt>はじ</rt></ruby>まって</u>、<ruby>四時<rt>よじ</rt></ruby>に<ruby>終<rt>お</rt></ruby>わります。（⇨<ruby>表<rt>ひょう</rt></ruby>１）

　・わたしは<ruby>今朝<rt>けさ</rt></ruby>コーヒーを<u><ruby>飲<rt>の</rt></ruby>んで</u>、パンを<ruby>食<rt>た</rt></ruby>べました。

2・わたしは<ruby>晩<rt>ばん</rt></ruby>ご<ruby>飯<rt>はん</rt></ruby>を<u><ruby>食<rt>た</rt></ruby>べてから</u>、テレビを<ruby>見<rt>み</rt></ruby>ます。

3・わたしは<u><ruby>寝<rt>ね</rt></ruby>る<ruby>前<rt>まえ</rt></ruby>に</u>、<ruby>歯<rt>は</rt></ruby>を<ruby>磨<rt>みが</rt></ruby>きます。

4・<ruby>学校<rt>がっこう</rt></ruby>が<u><ruby>終<rt>お</rt></ruby>わってから</u>、わたしはサッカーをします。

　○わたしは<ruby>映画<rt>えいが</rt></ruby><u>が<ruby>始<rt>はじ</rt></ruby>まる<ruby>前<rt>まえ</rt></ruby>に</u>、コーヒーを<ruby>買<rt>か</rt></ruby>いました。

5・アンナさんは<u>わたしにりんごを</u> <u>くれました</u>。

6・わたしは<ruby>電車<rt>でんしゃ</rt></ruby><u>で</u><ruby>学校<rt>がっこう</rt></ruby>へ<ruby>来<rt>き</rt></ruby>ます。

　○わたしはボールペン<u>で</u><ruby>名前<rt>なまえ</rt></ruby>を<ruby>書<rt>か</rt></ruby>きました。

（表１）
ひょう

	辞書の形 じしょ　かたち	〜て
動 どう 詞 し I	か く　（書く）	かいて
	およ ぐ　（泳ぐ）	およいで
	はな す　（話す）	はなして
	し ぬ　（死ぬ）	しんで
	あそ ぶ　（遊ぶ）	あそんで
	よ む　（読む）	よんで
	た つ　（立つ）	たって
	の る　（乗る）	のって
	か う　（買う）	かって
	い く　（行く）	いって
動 どう 詞 し II	お きる　（起きる）	お きて
	た べる　（食べる）	た べて
動 どう 詞 し III	く る　（来る）	き て
	する	して

8 課
言い方

— 99 —

今日は学校が終わってからピアノのレッスンに行きます

（教室で）

マリア：今日は学校が終わってから何をしますか。

リ　サ：今日はピアノのレッスンに行きます。

マリア：ピアノのレッスンですか。

リ　サ：ええ。　わたしは日本へ音楽の勉強に来ました。

　　　　毎週火曜日の夜は先生のうちへレッスンを
　　　　受けに行きます。

マリア：そうですか。先生のうちはどこですか。

リ　サ：目黒です。　総武線で新宿まで行って、山手線に
　　　　乗り換えます。ここから四十分ぐらいかかります。

マリア：レッスンは何時からですか。

リ　サ：六時に始まって、七時ごろ終わります。

マリア：先生は親切ですか。

リ　サ：ええ、とてもいい先生です。いつもレッスンが
　　　　終わってから、いろいろな話をします。ときどき
　　　　お茶も一緒に飲みます。

マリア：そうですか。

リ　サ：先週のレッスンの日はちょうどわたしの誕生日
　　　　でした。先生はわたしにＣＤをくれました。わたしは
　　　　毎晩寝る前に、そのＣＤを聴きます。

新しい漢字

| 終わる | 音楽 | 火曜日 | 受ける | 目黒 | 総武線 |
| お | おん がく | か よう び | う | め ぐろ | そう ぶ せん |

| 新宿 | 山手線 | 乗り換える | 四十分 | 始まる |
| しん じゅく | やまの てせん | の か | よんじっぷん | はじ |

| 親切 | お茶 |
| しん せつ | ちゃ |

新しい読み方

| 話 | 誕生日 |
| はなし | たんじょうび |

きょうは　がっこうが　おわってから　ピアノの　レッスンに　いきます

（きょうしつで）

マリア：きょうは　がっこうが　おわってから　なにを
　　　　しますか。

リ　サ：きょうは　ピアノの　レッスンに　いきます。

マリア：ピアノの　レッスンですか。

リ　サ：ええ。わたしは　にほんへ　おんがくの　べんきょ
　　　　うに　きました。まいしゅう　かようびの　よるは
　　　　せんせいの　うちへ　レッスンを　うけに　いきます。

マリア：そうですか。せんせいの　うちは　どこですか。

リ　サ：めぐろです。そうぶせんで　しんじゅくまで
　　　　いって、やまのてせんに　のりかえます。ここから
　　　　よんじっぷんぐらい　かかります。

マリア：レッスンは　なんじからですか。

リ　サ：ろくじに　はじまって、しちじごろ　おわります。

マリア：せんせいは　しんせつですか。

リ　サ：ええ、とても　いい　せんせいです。いつも　レッスンが
　　　　おわってから、いろいろな　はなしを　します。
　　　　ときどき　おちゃも　いっしょに　のみます。

マリア：そうですか。

リ　サ：せんしゅうの　レッスンの　ひは　ちょうど
　　　　わたしの　たんじょうびでした。せんせいは
　　　　わたしに　ＣＤを　くれました。わたしは　まいばん
　　　　ねる　まえに、その　ＣＤを　ききます。

9　娘は今、本の売り場で雑誌を見ています
むすめ　いま　ほん　う　ば　ざっし　み

1.	*あし	[足]	名詞	腳
2.	*あたま	[頭]	名詞	頭
3.	あっ		感動詞	呀！
4.	あるく	[歩く]	(自)動詞Ⅰ	走・歩行
5.	'いくつ(友子さんは～ですか)	[幾つ]	名詞	幾歳（友子小姐～了？）
6.	*いしゃ	[医者]	名詞	醫生
7.	*いたい	[痛い]	形容詞Ⅰ	痛的
8.	*いちご		名詞	草莓
9.	いちばん(何が～好きですか)	[一番]	副詞	最（～喜歡什麼？）
10.	いっしゅうかん	[一週間]	名詞	一個星期
11.	*うた	[歌]	名詞	歌曲
12.	*うたう	[歌う]	(他)動詞Ⅰ	唱歌
13.	うりば	[売り場]	名詞	售貨處
14.	おおい	[多い]	形容詞Ⅰ	多的
15.	*おさけ	[お酒]	名詞	酒
16.	*おじいさん		名詞	爺爺・祖父
17.	*おばあさん		名詞	奶奶・祖母
18.	*おどる	[踊る]	(他)動詞Ⅰ	跳舞
19.	*おりる(階段を～)	[下りる]	(自)動詞2	下來（～樓梯）
20.	*かいだん	[階段]	名詞	樓梯
21.	'かげつ(1～)	[か月]	接尾語	個月（1～）
22.	かない	[家内]	名詞	（自己的）太太
23.	*からだ	[体]	名詞	身體
24.	'かん(10日～)	[間]	接尾語	期間（10日～）
25.	*かんごし	[看護師]	名詞	護士
26.	*キス		名詞	吻
27.	*ギター		名詞	吉他
28.	*キム	〈人名〉	名詞	金（人名）
29.	*きりん		名詞	長頸鹿

9課

語彙

30.	*くうき	[空気]	名詞	空氣
31.	*くすり	[薬]	名詞	藥
32.	*くすりや	[薬屋]	名詞	藥房
33.	*くだもの	[果物]	名詞	水果
34.	*クラス		名詞	教室，班級
35.	けいえいする	[経営する]	動詞3	經營
36.	*けいさつかん	[警察官]	名詞	警察
37.	*けんちく	[建築]	名詞	建築
38.	*けんちくがいしゃ	[建築会社]	名詞	建築公司
39.	*こうじょう	[工場]	名詞	工廠
40.	*こうつう	[交通]	名詞	交通
41.	*ゴルフ		名詞	高爾夫球
42.	こんにちは	[今日は]	その他	午安，您好
43.	さい(9～)	[歳]	接尾語	歲(9～)
44.	*さしみ	[刺身]	名詞	生魚片
45.	*さんぽする	[散歩する]	動詞3	散步
46.	しなもの	[品物]	名詞	物品，東西
47.	*しゃちょう	[社長]	名詞	總經理
48.	'しゅうかん(1～)	[週間]	接尾語	個星期(1～)
49.	*じょうず	[上手]	形容詞2	擅長，高明
50.	*じょし	[助詞]	名詞	助詞
51.	しんせん	[新鮮]	形容詞2	新鮮
52.	*しんぶんしゃ	[新聞社]	名詞	報社
53.	*せい	[背]	名詞	個子
54.	*センチ		名詞	公分
55.	*そら	[空]	名詞	天空
56.	それに(広いです。～きれいです)		接続詞	更，而且(廣闊～整潔)
57.	たいわん	[台湾]	名詞	台灣
58.	*ちゅうがっこう	[中学校]	名詞	中學
59.	*つとめる(会社に～)	[勤める]	動詞2	工作(在公司～)
60.	*て	[手]	名詞	手
61.	*テレビゲーム		名詞	電動玩具

62.	* てんぷら	[天ぷら]		名詞	天婦羅（油炸食品）
63.	* ドイツ			名詞	德國
64.	* ドイツご	[ドイツ語]		名詞	德語
65.	* とおる（道を〜）	[通る]		動詞Ⅰ	經過（〜道路）
66.	* とぶ（空を〜）	[飛ぶ]		動詞Ⅰ	飛（在天空〜）
67.	ともこ	[友子]	〈人名〉	名詞	友子（人名）
68.	' なん（〜か月）	[何]		接頭語	多少（〜個月？）
69.	' なんかげつ	[何か月]		名詞	多少個月？
70.	なんさい	[何歳]		名詞	幾歲？
71.	' なんしゅうかん	[何週間]		名詞	多少週？
72.	' なんにち	[何日]		名詞	幾天・幾號？
73.	' なんねん	[何年]		名詞	幾年？
74.	なんねんせい	[何年生]		名詞	幾年級的學生
75.	ねんせい（Ⅰ〜）	[年生]		接尾語	年級學生（Ⅰ〜）
76.	* のぼる（階段を〜）	[上る]		(自)動詞Ⅰ	登上・上（〜樓梯）
77.	* パイナップル			名詞	鳳梨
78.	* はし（〜を渡る）	[橋]		名詞	橋（過〜）
79.	* バスケットボール			名詞	籃球
80.	' はたち	[二十歳]		名詞	二十歲
81.	* はたらく	[働く]		動詞Ⅰ	工作
82.	* はな	[鼻]		名詞	鼻子
83.	* はるこ	[春子]	〈人名〉	名詞	春子（人名）
84.	* バレーボール			名詞	排球
85.	* ひだり	[左]		名詞	左邊
86.	* ぶどう			名詞	葡萄
87.	* ふね	[船]		名詞	船
88.	* へた	[下手]		形容詞2	笨拙・不高明
89.	* ぼうえき	[貿易]		名詞	貿易
90.	* ぼうえきがいしゃ	[貿易会社]		名詞	貿易公司
91.	* ほしょうにん	[保証人]		名詞	保證人
92.	* まんが	[漫画]		名詞	漫畫
93.	* みぎ	[右]		名詞	右邊

94.	*みみ	[耳]		名詞	耳朵
95.	むこう（～でパンを買う）	[向こう]		名詞	對面（在～買麵包。）
96.	むし	[虫]		名詞	蟲
97.	*め	[目]		名詞	眼睛
98.	*メロン			名詞	甜瓜
99.	*もも	[桃]		名詞	桃子
100.	もりた	[森田]	〈人名〉	名詞	森田（人名）
101.	*やくしょ	[役所]		名詞	政府機關
102.	*やすみじかん	[休み時間]		名詞	休息時間
103.	りか	[理科]		名詞	理科
104.	*レモン			名詞	檸檬
105.	'れんしゅう	[練習]		名詞	練習
106.	*わたる	[渡る]		(自)動詞Ⅰ	渡，經過
107.	*わらう	[笑う]		(自)動詞Ⅰ	笑
108.	*わるい（目が～）	[悪い]		形容詞Ⅰ	壞的，不好的（視力～）

9 課
語彙

言い方
（い　かた）

1 • チンさんは今テレビを見ています。
　　　　　（いま）　　　　（み）

2 • リサさんは毎日ピアノの練習をしています。
　　　　　（まいにち）　　　（れんしゅう）

3 • 父は大学で英語を教えています。
　　（ちち）（だいがく）（えいご）（おし）

4 • アンナさんは声がきれいです。
　　　　　　　　（こえ）

5 • あなたはスポーツの中で何が一番好きですか。
　　　　　　　　　　（なか）（なに）（いちばん　す）
　　サッカーが一番好きです。
　　　　　　　（いちばん　す）

6 • わたしは毎朝公園を散歩します。
　　　　　（まいあさこうえん）（さんぽ）

7 • 友子さんは何歳ですか。（いくつですか。）（⇒表１）
　　（ともこ）　（なんさい）　　　　　　　　　　　（ひょう）
　　九歳です。（九つです。）
　　（きゅうさい）　（ここの）

8 • わたしは友達の田中さんからこの辞書をもらいました。
　　　　　　（ともだち）（たなか）　　　　　（じしょ）

9 • あなたはどのくらい日本にいますか。
　　　　　　　　　　　（にほん）
　　一週間ぐらいいます。（⇒表２）
　　（いっしゅうかん）　　　　（ひょう）

（表 1）　年齢
ひょう　　　　　ねんれい

?	なんさい	何歳	いくつ
1	いっさい	1歳	ひとつ
2	にさい	2歳	ふたつ
3	さんさい	3歳	みっつ
4	よんさい	4歳	よっつ
5	ごさい	5歳	いつつ
6	ろくさい	6歳	むっつ
7	ななさい	7歳	ななつ
8	はっさい	8歳	やっつ
9	きゅうさい	9歳	ここのつ
10	じっさい	10歳	とお
11	じゅういっさい	11歳	じゅういち
12	じゅうにさい	12歳	じゅうに
13	じゅうさんさい	13歳	じゅうさん
20	にじっさい	20歳	はたち
30	さんじっさい	30歳	さんじゅう

9課
言い方

（表2）　期間
ひょう　　きかん

?	なんにち（かん）	何日（間）
1	いちにち	1日
2	ふつか（かん）	2日（間）
3	みっか（かん）	3日（間）
4	よっか（かん）	4日（間）
5	いつか（かん）	5日（間）
6	むいか（かん）	6日（間）
7	なのか（かん）	7日（間）
8	ようか（かん）	8日（間）
9	ここのか（かん）	9日（間）
10	とおか（かん）	10日（間）

?	なんしゅうかん	何週間
1	いっしゅうかん	1週間
2	にしゅうかん	2週間
3	さんしゅうかん	3週間
4	よんしゅうかん	4週間
5	ごしゅうかん	5週間
6	ろくしゅうかん	6週間
7	ななしゅうかん	7週間
8	はっしゅうかん	8週間
9	きゅうしゅうかん	9週間
10	じっしゅうかん	10週間

9課
言い方

?	なんかげつ	何か月
1	いっかげつ	1か月
2	にかげつ	2か月
3	さんかげつ	3か月
4	よんかげつ	4か月
5	ごかげつ	5か月
6	ろっかげつ	6か月
7	ななかげつ	7か月
8	はっかげつ	8か月
9	きゅうかげつ	9か月
10	じっかげつ	10か月
	はちかげつ	8か月
1.5	いっかげつはん	1か月半

?	なんねん(かん)	何年(間)
1	いちねん(かん)	1年(間)
2	にねん(かん)	2年(間)
3	さんねん(かん)	3年(間)
4	よねん(かん)	4年(間)
5	ごねん(かん)	5年(間)
6	ろくねん(かん)	6年(間)
7	ななねん(かん)	7年(間)
8	はちねん(かん)	8年(間)
9	きゅうねん(かん)	9年(間)
10	じゅうねん(かん)	10年(間)
	しちねん(かん)	7年(間)
1.5	いちねんはん	1年半

9課
言い方

娘は今、本の売り場で雑誌を見ています
むすめ いま ほん う ば ざっし み

（スーパーで）

チ　　ン：森田先生、今日は。
　　　　　もりた せんせい こんにち

森　　田：あっ、チンさん、今日は。
もり　た　　　　　　　　　　こんにち

チ　　ン：わたしの父です。昨日台湾から来ました。
　　　　　　　　　ちち　　きのう たいわん　　き

チンの父：初めまして。どうぞよろしくお願いします。
ちち　　はじ　　　　　　　　　　　　　　ねが

森　　田：初めまして。森田です。どうぞよろしく。
もり　た　はじ　　　　もりた

チ　　ン：父は台湾でスーパーを経営しています。日本の
　　　　　ちち たいわん　　　　　　けいえい　　　　　にほん
　　　　　デパートやスーパーを見に来ました。
　　　　　　　　　　　　　　　み き

森　　田：そうですか。どのくらい日本にいますか。
もり　た　　　　　　　　　　　にほん

チンの父：一週間ぐらいいます。今、店の中を歩いていろい
ちち　　いっしゅうかん　　　　いま　みせ なか ある
　　　　　ろな売り場を見ました。ここは品物が多いですね。
　　　　　　　う ば み　　　　　　しなもの おお

森　　田：ええ。それに、野菜や魚がとても新鮮です。
もり　た　　　　　　やさい さかな　　　　しんせん

チ　　ン：先生はいつもこの店で買い物をしますか。
　　　　　せんせい　　　　　みせ か もの

森　　田：ええ。毎週日曜日に、家内と娘と来ます。
もり　た　　まいしゅうにちようび　　かない むすめ き

チンの父：奥さんやお子さんは。
ちち　おく　　　こ

— 112 —

森田：家内は今、向こうでパンを買っています。娘は
本の売り場で雑誌を見ています。

チンの父：お嬢さんは何歳ですか。

森田：九歳です。あっ、娘が来ました。

森田：娘の友子です。

友子：今日は。

チンの父：今日は。何年生ですか。

友子：四年生です。

チンの父：学校は面白いですか。

友子：はい、面白いです。

チンの父：学校の勉強の中で何が一番好きですか。

友子：理科が一番好きです。

チン：そうですか。わたしの弟も理科が好きです。
いつも虫や魚の本を見ています。

新しい漢字

森田	今日は	父	昨日	初めまして	品物	多い
もりた	こんにち	ちち	きのう	はじ	しなもの	おお

家内	娘	向こう	友子	何年生	理科	虫	魚
かない	むすめ	む	ともこ	なんねんせい	りか	むし	さかな

新しい読み方

今日は	一週間	今	売り場	九歳	四年生
こんにち	いっしゅうかん	いま	うば	きゅうさい	よねんせい

— 113 —

むすめは いま、ほんの うりばで ざっしを みて います

（スーパーで）

チ　　　　ン：もりたせんせい、こんにちは。

も　り　た：あっ、チンさん、こんにちは。

チ　　　　ン：わたしの　ちちです。きのう　たいわんから
　　　　　　　きました。

チンのちち：はじめまして。どうぞ　よろしく　おねがいします。

も　り　た：はじめまして。もりたです。どうぞ　よろしく。

チ　　　　ン：ちちは　たいわんで　スーパーを　けいえいし
　　　　　　　て　います。にほんの　デパートや　スーパー
　　　　　　　を　みに　きました。

も　り　た：そうですか。どのくらい　にほんに　いますか。

チンのちち：いっしゅうかんぐらい　います。いま　みせの
　　　　　　　なかを　あるいて　いろいろな　うりばを　み
　　　　　　　ました。ここは　しなものが　おおいですね。

も　り　た：ええ。それに、やさいや　さかなが　とても
　　　　　　　しんせんです。

チ　　　　ン：せんせいは　いつも　この　みせで　かいもの
　　　　　　　を　しますか。

もりた：ええ。まいしゅう にちようびに、かないと む
　　　　すめと きます。

チンのちち：おくさんや おこさんは。

もりた：かないは いま、むこうで パンを かって
　　　　います。むすめは ほんの うりばで ざっし
　　　　を みて います。

チンのちち：おじょうさんは なんさいですか。

もりた：きゅうさいです。あっ、むすめが きました。

もりた：むすめの ともこです。

ともこ：こんにちは。

チンのちち：こんにちは。なんねんせいですか。

ともこ：よねんせいです。

チンのちち：がっこうは おもしろいですか。

ともこ：はい、おもしろいです。

チンのちち：がっこうの べんきょうの なかで なにが
　　　　　　いちばん すきですか。

ともこ：りかが いちばん すきです。

チン：そうですか。わたしの おとうども りかが
　　　すきです。いつも むしや さかなの ほんを
　　　みて います。

10 普通の風邪だから、大丈夫ですよ
ふつう　かぜ　　　　　だいじょうぶ

1.	*あかちゃん	[赤ちゃん]	名詞	嬰兒
2.	あがる（台の上に〜）	[上がる]	(自)動詞Ⅰ	上・登（〜台）
3.	*あける（窓を〜）	[開ける]	(他)動詞2	開（〜窗戶）
4.	ありがとうございます		その他	非常感謝
5.	いう（大丈夫だと〜）	[言う]	(他)動詞Ⅰ	說（〜不要緊。）
6.	*いがくぶ	[医学部]	名詞	醫學系
7.	いき（〜を吸う）	[息]	名詞	氣息（吸〜）
8.	*いただきます		その他	我要吃了。
9.	*いれる（レモンを紅茶に〜）	[入れる]	(他)動詞2	放入（把檸檬〜紅茶）
10.	うごく	[動く]	(自)動詞Ⅰ	移動
11.	おいしゃさん	[お医者さん]	名詞	醫生
12.	*おそい（遅く起きる）	[遅い]	形容詞Ⅰ	遲的（太晚起床）
13.	*おみまい	[お見舞い]	名詞	探望
14.	*がくぶ	[学部]	名詞	學系
15.	かぜ	[風邪]	名詞	感冒
16.	*カメラ		名詞	照相機
17.	*き（〜をつける）	[気]	名詞	注意・警覺（小心）
18.	*きく（道を〜）	[聞く]	(他)動詞Ⅰ	詢問（〜路）
19.	*きたない	[汚い]	形容詞Ⅰ	髒
20.	*きる（セーターを〜）	[着る]	(他)動詞2	穿（〜毛衣）
21.	*きぶん	[気分]	名詞	氣氛
22.	'きる（紙を〜）	[切る]	(他)動詞Ⅰ	切・割・剪（〜紙）
23.	*きゅうしゅうだいがく	[九州大学]	名詞	九州大學
24.	*こいびと	[恋人]	名詞	情人
25.	*こうちゃ	[紅茶]	名詞	紅茶
26.	*こたえる	[答える]	(自)動詞2	回答
27.	*ごちそうさま		その他	承蒙您款待了
28.	*ごみ		名詞	垃圾

29.	* じ	[字]	名詞	文字
30.	* しつもん	[質問]	名詞	問題
31.	* しめる(窓を～)	[閉める]	(他)動詞2	關閉（～窗戶）
32.	* しゅくだい	[宿題]	名詞	習題
33.	しゅるい(2～)	[種類]	接尾語	種類（2～）
34.	すう(息を～)	[吸う]	(他)動詞1	吸，吸入（～氣）
35.	* すう(たばこを～)	[吸う]	(他)動詞1	吸，抽（～煙）
36.	ずっと(～せきが止まらない)		副詞	一直（～不能止咳）
37.	* すてる	[捨てる]	(他)動詞2	放棄，丟掉
38.	せき(～が止まらない)		名詞	咳嗽（不能停止～）
39.	* ぜんぶ	[全部]	副詞	所有，全部
40.	'そつぎょうする	[卒業する]	(自)動詞3	畢業
41.	* そと	[外]	名詞	外面
42.	それで(～、どうでしたか)		接続詞	因此，後來（～，怎樣了？）
43.	それでは(～、始めます)		接続詞	那麼（～，開始罷！）
44.	だい(～に上がる)	[台]	名詞	高台（登上～）
45.	* だいがくびょういん	[大学病院]	名詞	大學醫院
46.	だいじょうぶ	[大丈夫]	形容詞2	沒問題
47.	* たばこ		名詞	香煙
48.	* つける(電灯を～)		(他)動詞2	點，打開（～電燈）
49.	* つける(気を～)		(他)動詞2	注意（小心～）
50.	* ていねい	[丁寧]	形容詞2	有禮貌，謹慎
51.	* でんとう	[電灯]	名詞	電燈
52.	どうしたのですか		その他	怎麼回事呢？
53.	とまる(せきが～)	[止まる]	(自)動詞1	停止（～咳嗽）
54.	とめる(息を～)	[止める]	(他)動詞2	停止（～呼吸）
55.	* ドラマ		名詞	戲劇，連續劇
56.	なる(元気に～)		(自)動詞1	變成（～有精神）
57.	にさんにち	[二、三日]	名詞	兩、三天
58.	ぬぐ	[脱ぐ]	(他)動詞1	脫掉
59.	* ねむい	[眠い]	形容詞1	想睡的，睏的
60.	* のど		名詞	喉嚨

10 課
語彙

61.	* はじめ (〜はつまらなかった)	[初め]	名詞	開始（〜時很無聊）
62.	* はやい (速く歩く)	[速い]	形容詞 I	快（〜走）
63.	ばん (1〜)	[番]	接尾語	號（1〜）
64.	* ひく (風邪を〜)	[引く]	(他)動詞 I	感染（〜風寒）
65.	* びょうき	[病気]	名詞	疾病
66.	ふつう (〜の風邪)	[普通]	名詞	一般，普通（〜的感冒）
67.	* ほか (〜の店で食べる)		名詞	其他（在〜的店用餐）
68.	’まえ (2年〜に)	[前]	名詞	之前（在2年〜）
69.	* みる (辞書を〜)	[見る]	(他)動詞 2	查看（〜辭典）
70.	むね	[胸]	名詞	胸膛
71.	やすむ (学校を〜)	[休む]	(自)動詞 I	休息，請假，缺席（向學校〜）
72.	* よわい (体が〜)	[弱い]	形容詞 I	弱，軟弱（身體〜）
73.	レントゲン		名詞	X光
74.	レントゲンしつ	[レントゲン室]	名詞	X光房
75.	レントゲンしゃしん	[レントゲン写真]	名詞	X光照片
76.	* わかい	[若い]	形容詞 I	年輕的

10 課
語彙

言い方
（いかた）

1 ・ボールペンで書いてください。
　　　　　（か）

　・鉛筆で書かないでください。
　（えんぴつ）（か）

2 ・わたしはパンを薄く切りました。
　　　　　　　　（うす）（き）

　○学生たちは静かに勉強しています。
　（がくせい）（しず）（べんきょう）

3 ・午前中は雨が降っていました。しかし、午後は天気が
　（ごぜんちゅう）（あめ）（ふ）　　　　　　　（ごご）（てんき）
　良くなりました。
　（よ）

　・部屋の掃除をしました。部屋がきれいになりました。
　（へや）（そうじ）　　　　　（へや）

　○兄は医者になりました。
　（あに）（いしゃ）

4 　**普通の形**　（⇨ 表1）
　（ふつう）（かたち）　（ひょう）

　○森田先生は事務室へ行ったと思います。
　（もりたせんせい）（じむしつ）（い）（おも）

　○日本語の勉強は面白いと思います。
　（にほんご）（べんきょう）（おもしろ）（おも）

　・あの人はチンさんのお父さんだと思います。
　（ひと）　　　　　（とう）（おも）

5 ○あしたは学校が休みですから、友達と映画を見に行きます。
　（がっこう）（やす）　　　（ともだち）（えいが）（み）（い）

　・あしたは学校が休みだから、友達と映画を見に行きます。
　（がっこう）（やす）　　　（ともだち）（えいが）（み）（い）

6 ● 映画が始まりますから、ホールに入ってください。
　　えいが　はじ　　　　　　　　　　　　　　　はい

　○ 映画が始まるから、ホールに入ってください。
　　えいが　はじ　　　　　　　　　　　　　　はい

7 ● 先生は「来週試験をします。」と言いました。
　　せんせい　らいしゅうしけん　　　　　　　　い

　○ 先生は来週試験をすると言いました。
　　せんせい　らいしゅうしけん　　　　　い

　○ 先生は学生たちに「来週試験をします。」と言いました。
　　せんせい　がくせい　　　　　らいしゅうしけん　　　　　　　　い

8 ○ この時計は父からもらいました。
　　とけい　ちち

　　（わたしは父からこの時計をもらいました。）
　　　　　　ちち　　　　　とけい

　● 高校は三年前に卒業しました。
　　こうこう　さんねんまえ　そつぎょう

　　（わたしは三年前に高校を卒業しました。）
　　　　　　さんねんまえ　こうこう　そつぎょう

9 ● あなたは昨日学校へ来ませんでしたね。どうしたのですか。
　　　　　きのう　がっこう　き

10 ● 教室に学生が三、四人います。
　　きょうしつ　がくせい　さん　よにん

（表１）
<ruby>表<rt>ひょう</rt></ruby>

	丁寧な形 <ruby>丁寧<rt>ていねい</rt></ruby> <ruby>形<rt>かたち</rt></ruby>	普通の形 <ruby>普通<rt>ふつう</rt></ruby> <ruby>形<rt>かたち</rt></ruby>
<ruby>動<rt>どう</rt></ruby><ruby>詞<rt>し</rt></ruby>	<ruby>食<rt>た</rt></ruby>べます <ruby>食<rt>た</rt></ruby>べません <ruby>食<rt>た</rt></ruby>べました <ruby>食<rt>た</rt></ruby>べませんでした	<ruby>食<rt>た</rt></ruby>べる <ruby>食<rt>た</rt></ruby>べない <ruby>食<rt>た</rt></ruby>べた <ruby>食<rt>た</rt></ruby>べなかった
<ruby>形容詞<rt>けいようし</rt></ruby>I	<ruby>高<rt>たか</rt></ruby>いです <ruby>高<rt>たか</rt></ruby>くありません <ruby>高<rt>たか</rt></ruby>かったです <ruby>高<rt>たか</rt></ruby>くありませんでした	<ruby>高<rt>たか</rt></ruby>い <ruby>高<rt>たか</rt></ruby>くない <ruby>高<rt>たか</rt></ruby>かった <ruby>高<rt>たか</rt></ruby>くなかった
<ruby>形容詞<rt>けいようし</rt></ruby>II	<ruby>静<rt>しず</rt></ruby>かです <ruby>静<rt>しず</rt></ruby>かではありません <ruby>静<rt>しず</rt></ruby>かでした <ruby>静<rt>しず</rt></ruby>かではありませんでした	<ruby>静<rt>しず</rt></ruby>かだ <ruby>静<rt>しず</rt></ruby>かではない <ruby>静<rt>しず</rt></ruby>かだった <ruby>静<rt>しず</rt></ruby>かではなかった
<ruby>名<rt>めい</rt></ruby><ruby>詞<rt>し</rt></ruby>	<ruby>雨<rt>あめ</rt></ruby>です <ruby>雨<rt>あめ</rt></ruby>ではありません <ruby>雨<rt>あめ</rt></ruby>でした <ruby>雨<rt>あめ</rt></ruby>ではありませんでした	<ruby>雨<rt>あめ</rt></ruby>だ <ruby>雨<rt>あめ</rt></ruby>ではない <ruby>雨<rt>あめ</rt></ruby>だった <ruby>雨<rt>あめ</rt></ruby>ではなかった

普通の風邪だから、大丈夫ですよ
ふつう　かぜ　　　　　　だいじょうぶ

（レントゲン室で）
しつ

ラ ヒ ム：お願いします。
ねが

病院の人：胸のレントゲン写真ですね。三番に入ってください。
びょういん　ひと　むね　　　　　　　　しゃしん　　　　さんばん　はい

病院の人：それでは、レントゲンを撮りますから、シャツを
びょういん　ひと　　　　　　　　　　　　　と

脱いでください。
ぬ

ラ ヒ ム：はい、分かりました。
わ

病院の人：その台の上に上がってください。大きく息を
びょういん　ひと　　　だい　うえ　あ　　　　　　　　　おお　いき

吸ってください。息を止めて、動かないでください。
す　　　　　　いき　と　　　うご

はい、終わりました。
お

（寮の部屋で）
りょう　へや

アリフ：あなたは今日学校へ来ませんでしたね。
きょう　がっこう　き
どうしたのですか。

ラヒム：ずっとせきが止まらないから、病院へ行って
と　びょういん　い
レントゲンを撮りました。
と

アリフ：それで、どうでしたか。

ラヒム：お医者さんはレントゲンを見て、「普通の風邪だか
いしゃ　み　ふつう　かぜ
ら、大丈夫ですよ。学校は二、三日休んでください。」
だいじょうぶ　がっこう　に　さんにちやす
と言いました。そして、薬を二種類くれました。
い　くすり　にしゅるい

アリフ：そうですか。早く元気になってくださいね。
はや　げんき

ラヒム：ありがとうございます。来週は良くなると思います。
らいしゅう　よ　おも

新しい漢字
あたら　かんじ

| 病院 | 三番 | 入る | 台 | 息 | 止める | 医者 |
| びょういん | さんばん | はい | だい | いき | と | いしゃ |

| 風邪 | 休む | 言う | 薬 | 二種類 | 元気 | 良い |
| かぜ | やす | い | くすり | にしゅるい | げんき | よ |

新しい読み方
あたら　よ　かた

| 人 | 上がる | 動く | 今日 |
| ひと | あ | うご | きょう |

10課
会話文

— 123 —

ふつうの　かぜだから、だいじょうぶですよ

（レントゲンしつで）

ラ　ヒ　ム：おねがいします。

びょういんのひと：むねの　レントゲンしゃしんですね。
　　　　　　　　　さんばんに　はいって　ください。

びょういんのひと：それでは、レントゲンを　とりますから、
　　　　　　　　　シャツを　ぬいで　ください。

ラ　ヒ　ム：はい、わかりました。

びょういんのひと：その　だいの　うえに　あがって　ください。
　　　　　　　　　おおきく　いきを　すって　ください。
　　　　　　　　　いきを　とめて、うごかないで　ください。
　　　　　　　　　はい、おわりました。

（りょうの　へやで）

アリフ：あなたは　きょう　がっこうへ　きませんでしたね。
　　　　どうしたのですか。

ラヒム：ずっと　せきが　とまらないから、びょういんへ
　　　　いって　レントゲンを　とりました。

アリフ：それで、どうでしたか。

ラヒム：おいしゃさんは　レントゲンを　みて、「ふつうの
　　　　かぜだから、だいじょうぶですよ。がっこうは　に
　　　　さんにち　やすんで　ください。」と　いいました。
　　　　そして、くすりを　にしゅるい　くれました。

アリフ：そうですか。はやく　げんきに　なって
　　　　くださいね。

ラヒム：ありがとう　ございます。らいしゅうは　よく
　　　　なると　おもいます。

11 あしたパーティーのときに着るシャツがありません

1.	ああ(〜、でも、コインランドリーがありますよ)		感動詞	呀!(〜,但是,有投幣式洗衣店。)
2.	*アイスクリーム		名詞	冰淇淋
3.	*あさねぼう	[朝寝坊]	名詞	早晨睡懶覺,睡過頭
4.	あれっ(〜、雨ですよ)		感動詞	哎呀!(〜,下雨!)
5.	いちど(〜うちへ帰る)	[一度]	名詞	一次(回家〜)
6.	*ウイスキー		名詞	威士忌
7.	ウオークマン		名詞	隨身聽
8.	うち(〜の猫)		名詞	家(〜中的貓)
9.	えっ(〜、本当ですか)		感動詞	啊!(〜,真的嗎?)
10.	*おおさか	[大阪]〈地名〉	名詞	大阪(地名)
11.	*おくれる(授業に〜)	[遅れる]	(自)動詞2	遅到(上課〜)
12.	*おしえる(場所を〜)	[教える]	(他)動詞2	教,告知(〜地點)
13.	*おとす(財布を〜)	[落とす]	(他)動詞1	遺失(〜錢包)
14.	*おべんとう	[お弁当]	名詞	便當
15.	*おわり	[終わり]	名詞	結束,終點
16.	*かざる(写真を〜)	[飾る]	(他)動詞1	修飾(〜照片)
17.	*かぜ	[風]	名詞	風
18.	ガソリンスタンド		名詞	加油站
19.	*かりる	[借りる]	(他)動詞2	借
20.	かわく(シャツが〜)	[乾く]	(自)動詞1	乾燥(襯衫〜)
21.	かんそうき	[乾燥機]	名詞	烘乾機
22.	コインランドリー		名詞	投幣式洗衣店
23.	こまる	[困る]	(自)動詞1	為難,感覺困難
24.	*さく(花が〜)	[咲く]	(自)動詞1	開(花〜)
25.	*せんたくもの	[洗濯物]	名詞	換洗衣物
26.	*たいへん(〜大きい)	[大変]	副詞	非常(〜大)
27.	'たぶん		副詞	大概
28.	ちょっと		副詞	一點

11課
語彙

— 126 —

29.	* つかう	[使う]	(他)動詞Ⅰ	使用
30.	* つくる(カメラを~)	[造る]	(他)動詞Ⅰ	製造（~照相機）
31.	* つよい(~風)	[強い]	形容詞Ⅰ	強烈的（~風）
32.	* ていきけん	[定期券]	名詞	月票（定期車票）
33.	でも(~、コインランドリーがありますよ)		接続詞	但是（~・有投幣式洗衣店。）
34.	ど(Ⅰ~)	[度]	接尾語	次（Ⅰ~）
35.	どうも(~ありがとう)		副詞	非常（~謝謝）
36.	とおり	[通り]	名詞	道路，街道
37.	* ならう	[習う]	(他)動詞Ⅰ	學習
38.	ぬれる		(自)動詞2	淋濕
39.	* はらう	[払う]	(他)動詞Ⅰ	付，付錢
40.	* へん(この~)	[辺]	名詞	一帶（這~）
41.	ほす(シャツを~)	[干す]	(他)動詞Ⅰ	曬乾（~襯衫）
42.	ほんとう(~ですか)	[本当]	名詞	真的（~嗎？）
43.	また		副詞	再，又
44.	もっていく	[持っていく]	(他)動詞Ⅰ	提，拿，拿去
45.	* もってくる	[持ってくる]	(他)動詞3	帶來
46.	* わすれる(傘を~)	[忘れる]	(他)動詞2	忘記帶（~傘）
47.	* わすれる(言葉を~)	[忘れる]	(他)動詞2	忘記了（~詞語）

11 課
語彙

言い方
<ruby>言<rt>い</rt></ruby> <ruby> <rt>かた</rt></ruby>

1 ● あそこで<ruby>本<rt>ほん</rt></ruby>を<ruby>読<rt>よ</rt></ruby>んでいる<ruby>人<rt>ひと</rt></ruby>はだれですか。

  ● わたしは<ruby>昨日<rt>きのう</rt></ruby>チンさんがいつも<ruby>行<rt>い</rt></ruby>くレストランへ

   <ruby>行<rt>い</rt></ruby>きました。

  ○ リサさんの<ruby>作<rt>つく</rt></ruby>った<ruby>料理<rt>りょうり</rt></ruby>はとてもおいしいです。

2 ● あしたは（たぶん）<ruby>雨<rt>あめ</rt></ruby>が<ruby>降<rt>ふ</rt></ruby>るでしょう。

  ○ <ruby>今日<rt>きょう</rt></ruby>は<ruby>日曜日<rt>にちようび</rt></ruby>ですから、あの<ruby>公園<rt>こうえん</rt></ruby>は（たぶん）

   にぎやかでしょう。

  ○ チンさんのお<ruby>父<rt>とう</rt></ruby>さんは（たぶん）<ruby>五十歳<rt>ごじっさい</rt></ruby>ぐらいでしょう。

  ○ あしたは（たぶん）<ruby>雨<rt>あめ</rt></ruby>が<ruby>降<rt>ふ</rt></ruby>るだろうと<ruby>思<rt>おも</rt></ruby>います。

3 ● わたしはいつもテレビを<ruby>見<rt>み</rt></ruby>ながら<ruby>朝<rt>あさ</rt></ruby><ruby>ご飯<rt>はん</rt></ruby>を<ruby>食<rt>た</rt></ruby>べます。

4 ● わたしは<ruby>風邪<rt>かぜ</rt></ruby>を<ruby>引<rt>ひ</rt></ruby>いてしまいました。

  ○ わたしはゆうべこの<ruby>本<rt>ほん</rt></ruby>を<ruby>全部<rt>ぜんぶ</rt></ruby><ruby>読<rt>よ</rt></ruby>んでしまいました。

5 ● わたしの<ruby>部屋<rt>へや</rt></ruby>は<ruby>狭<rt>せま</rt></ruby>いですが、<ruby>明<rt>あか</rt></ruby>るくてきれいです。

11課
言い方

あしたパーティーのときに着るシャツがありません

（学校で）

シ　ン：あれっ、雨ですよ。

アリフ：えっ、本当ですか。わたしは今朝洗濯をして、
あしたパーティーのときに着るシャツも
干してしまいました。

シ　ン：そうですか。洗濯物がぬれてしまいますね。

アリフ：ええ。あした着るシャツがありません。

シ　ン：それは困りましたね。ああ、でも、コインランドリーが
ありますよ。わたしは雨の日にはコインランドリーへ
行って、洗濯をします。乾燥機がありますから、
すぐ乾きます。ちょっとお金がかかりますが、
とても便利ですよ。

11課

会話文

アリフ：それでは、わたしもコインランドリーへ行きます。
　　　　シンさんが行くコインランドリーはどこに
　　　　ありますか。

シ　ン：駅の前の通りにあります。ガソリンスタンドの
　　　　隣ですから、すぐ分かるでしょう。

アリフ：どのくらい時間がかかりますか。

シ　ン：三十分ぐらいかかります。わたしはいつも雑誌を
　　　　読みながら待っています。一度うちへ帰って、
　　　　また来る人もいます。

アリフ：そうですか。それでは、わたしはウオークマンを
　　　　持っていきます。どうもありがとう。

新しい漢字

| 雨 | 本当 | 洗濯 | 着る | 困る | 乾燥機 | お金 |
| あめ | ほんとう | せんたく | き | こま | かんそうき | かね |

| 便利 | 通り | 読む | 待つ | 帰る | 持つ |
| べんり | とお | よ | ま | かえ | も |

新しい読み方

| 今朝 | 来る |
| けさ | く |

あした パーティーの ときに きる シャツが ありません

（がっこうで）

シ　ン：あれっ、あめですよ。

アリフ：えっ、ほんとうですか。わたしは　けさ　せんたく
　　　　を　して、あした　パーティーの　ときに　きる　シャツも
　　　　ほして　しまいました。

シ　ン：そうですか。せんたくものが　ぬれて　しまいますね。

アリフ：ええ。あした　きる　シャツが　ありません。

シ　ン：それは　こまりましたね。ああ、でも、コインラン
　　　　ドリーが　ありますよ。わたしは　あめの　ひには
　　　　コインランドリーへ　いって、せんたくを　します。
　　　　かんそうきが　ありますから、すぐ　かわきます。
　　　　ちょっと　おかねが　かかりますが、とても　べんりですよ。

アリフ：それでは、わたしも　コインランドリーへ　いきま
　　　　す。　シンさんが　いく　コインランドリーは
　　　　どこに　ありますか。

シ　ン：えきの　まえの　とおりに　あります。ガソリンス
　　　　タンドの　となりですから、すぐ　わかるでしょう。

アリフ：どのくらい　じかんが　かかりますか。

シ　ン：さんじっぷんぐらい　かかります。わたしは　いつも
　　　　ざっしを　よみながら　まって　います。いちど
　　　　うちへ　かえって、また　くる　ひとも　います。

アリフ：そうですか。それでは、わたしは　ウオークマンを
　　　　もって　いきます。どうも　ありがとう。

12 引き出しの中に昔の写真が入っています
ひ　だ　　なか　むかし　しゃしん　はい

1.	あう（先生に～）	[会う]	(自)動詞 I	會晤・見面（與老師～）
2.	'あく（窓が～）	[開く]	(自)動詞 I	開（～窗戶）
3.	あなたがた	[あなた方]	名詞	你們
4.	アルバム		名詞	相簿
5.	いとこ		名詞	堂表兄弟姐妹
6.	*いれる（スイッチを～）	[入れる]	(他)動詞 2	開（～開關）
7.	*うわぎ	[上着]	名詞	外衣
8.	*おく（かばんを～）	[置く]	(他)動詞 I	放置（～皮包）
9.	おぼえる（覚えている）	[覚える]	(他)動詞 2	記得
10.	'かかる（壁に絵が～）	[掛かる]	(自)動詞 I	掛著（在牆壁上～畫）
11.	*かかる（かぎが～）		(自)動詞 I	鎖著（上鎖）
12.	*かぎ		名詞	鑰匙
13.	'かける（コートを～）	[掛ける]	(他)動詞 2	吊掛（～大衣）
14.	*かける（めがねを～）	[掛ける]	(他)動詞 2	戴上（～眼鏡）
15.	*かける（かぎを～）	[掛ける]	(他)動詞 2	鎖上（～鑰匙）
16.	*かぜぐすり	[風邪薬]	名詞	感冒藥
17.	がた（あなた～）	[方]	接尾語	們（複數敬語）（你～）
18.	*かぶる		(他)動詞 I	戴
19.	*かべ	[壁]	名詞	牆壁
20.	かまくら	[鎌倉]　〈地名〉	名詞	鎌倉（地名）
21.	*カレンダー		名詞	日曆
22.	*がわ（両～）	[側]	接尾語	邊・旁（兩～）
23.	'きえる（電灯が～）	[消える]	(自)動詞 2	熄滅（電燈～）
24.	*きもの	[着物]	名詞	衣服
25.	*くもる	[曇る]	(自)動詞 I	變陰天
26.	*けいじばん	[掲示板]	名詞	指示板
27.	*けす（ストーブを～）	[消す]	(他)動詞 I	熄滅・關閉（～火爐）
28.	*コート		名詞	大衣
29.	サイ	〈人名〉	名詞	薩依（人名）

12課
語彙

30.	さきに	[先に]	副詞	先前
31.	'しまる(窓が〜)	[閉まる]	(自)動詞 I	關閉(窗戶〜著)
32.	*しめる(ネクタイを〜)	[締める]	(他)動詞 2	繋・打(〜領帯)
33.	しる	[知る]	(他)動詞 I	知道
34.	*スイッチ		名詞	開關
35.	*スーツ		名詞	成套西裝
36.	*ストーブ		名詞	火爐
37.	*すみ(教室の〜)	[隅]	名詞	角落(教室的〜)
38.	*すむ(アパートに〜)	[住む]	(自)動詞 I	居住(〜在公寓)
39.	すむ(手続きが〜)	[済む]	(自)動詞 I	完成(手續〜)
40.	*する(時計を〜)		(他)動詞 3	戴(〜手錶)
41.	すわる	[座る]	(自)動詞 I	就座・坐下
42.	そうそう(〜、写真があります)		感動詞	是的(〜・有照片。)
43.	そつぎょうせい	[卒業生]	名詞	畢業生
44.	*タクシーのりば	[タクシー乗り場]	名詞	計程車招呼站
45.	*ちず	[地図]	名詞	地圖
46.	*ちゅういする(車に〜)	[注意する]	(自)動詞 3	留心(〜車輛)
47.	*ちゃいろ	[茶色]	名詞	褐色
48.	*つき(〜が出る)	[月]	名詞	月亮(〜出現)
49.	*つぎ(〜の駅)	[次]	名詞	下一個(〜車站)
50.	'つく(電灯が〜)		(自)動詞 I	點燈・點著(電燈〜)
51.	*つく(駅に〜)	[着く]	(自)動詞 I	到達(〜車站)
52.	*つもる	[積もる]	(自)動詞 I	堆積
53.	*ていりゅうじょ	[停留所]	名詞	公車站牌
54.	*でかける	[出掛ける]	(自)動詞 2	外出
55.	てつづき	[手続き]	名詞	手續
56.	でる(大学を〜)	[出る]	(自)動詞 2	畢業(從大學〜)
57.	*でんき(〜スタンド)	[電気]	名詞	電燈(枱燈)
58.	*でんきスタンド	[電気スタンド]	名詞	枱燈
59.	*どくしん	[独身]	名詞	單身
60.	'とめる(車を〜)	[止める]	(他)動詞 2	停(〜車)
61.	ならぶ	[並ぶ]	(自)動詞 I	並排

12課
語彙

62.	'ならべる	[並べる]	(他)動詞2	排列
63.	にゅうがくてつづき	[入学手続き]	名詞	入學手續
64.	*ネックレス		名詞	項錬
65.	*のりば(タクシー〜)	[乗り場]	名詞	車站(計程車〜)
66.	*はく(ズボンを〜)		(他)動詞Ⅰ	穿(〜西褲)
67.	はる(アルバムに写真を〜)	[張る]	(他)動詞Ⅰ	貼(在相薄上〜照片)
68.	*ハンガー		名詞	衣架
69.	*ハンドバッグ		名詞	手提包
70.	ひさしぶりですね	[久しぶりですね]	その他	好久不見
71.	*ふとる	[太る]	(自)動詞Ⅰ	發胖
72.	*ベルト		名詞	皮帶
73.	*ほし	[星]	名詞	星星
74.	ほんとうに(〜いいクラス)	[本当に]	副詞	真正(〜好的班級)
75.	まだ		副詞	尚未
76.	*まんなか	[真ん中]	名詞	正中間
77.	*めがね	[眼鏡]	名詞	眼鏡
78.	もう(〜大学を卒業した)		副詞	已經(〜大學畢業了)
79.	*もういちど	[もう一度]	副詞	再一次
80.	*もつ(かばんを〜)	[持つ]	(他)動詞Ⅰ	攜帶(〜皮包)
81.	*やせる		(自)動詞2	消瘦
82.	*やね	[屋根]	名詞	屋頂
83.	ヤン	〈人名〉	名詞	楊(人名)
84.	*ゆき	[雪]	名詞	雪
85.	*ようふく	[洋服]	名詞	西服
86.	*りょうがわ	[両側]	名詞	兩旁
87.	リン	〈人名〉	名詞	林(人名)
88.	*レインコート		名詞	雨衣
89.	*ろうそく		名詞	蠟燭
90.	*ワンピース		名詞	連衣裙

12課
語彙

言い方
<small>い かた</small>

1 • 田中さんは白いセーターを<u>着</u>ています。
<small>た なか</small>　<small>しろ</small>　<small>き</small>

2 • 冷蔵庫の中にジュースが<u>入っ</u>ています。
<small>れいぞうこ</small>　<small>なか</small>　<small>はい</small>

3 • テーブルの上に花が<u>飾ってあります</u>。(⇨ 表１)
<small>うえ</small>　<small>はな</small>　<small>かざ</small>　<small>ひょう</small>

4 • <u>もう</u>御飯を食べましたか。
<small>ご はん</small>　<small>た</small>

　　はい、<u>もう</u>食べました。
<small>た</small>

　　いいえ、<u>まだ</u>食べ<u>ています</u>ません。
<small>た</small>

5 ∘ あなたはあの人を<u>知っています</u>か。
<small>ひと</small>　<small>し</small>

　　はい、<u>知っています</u>。
<small>し</small>

　　いいえ、<u>知り</u>ません。
<small>し</small>

　• あなたはこのニュースを<u>知っていました</u>か。
<small>し</small>

　　はい、<u>知っていました</u>。
<small>し</small>

　　いいえ、<u>知り</u>ませんでした。
<small>し</small>

6 • あの人はチンさん<u>でしょう</u>。
<small>ひと</small>

　　ええ、チンさん<u>です</u>。

（表１）
<small>ひょう</small>

自動詞	他動詞
掛かる <small>か</small>	掛ける <small>か</small>
つく	つける
開く <small>あ</small>	開ける <small>あ</small>
閉まる <small>し</small>	閉める <small>し</small>
並ぶ <small>なら</small>	並べる <small>なら</small>
入る <small>はい</small>	入れる <small>い</small>
止まる <small>と</small>	止める <small>と</small>
消える <small>き</small>	消す <small>け</small>

引き出しの中に昔の写真が入っています

（職員室で）

リ　ン：先生、今日は。お元気ですか。リンです。

森　田：あっ、リンさん。今日は。久しぶりですね。

リ　ン：今日はいとこの入学手続きに来ました。

森　田：ああ、そうですか。手続きはもう済みましたか。

リ　ン：いいえ、まだ済んでいません。今、事務室には人が
　　　　おおぜい並んでいますから、先に先生に会いに
　　　　来ました。

森　田：そうですか。あなたはもう大学を卒業しましたか。

リ　ン：ええ、二年前に大学を出て、今は貿易会社に
　　　　勤めています。

森　田：あなたがこの学校を卒業してもう六年ですか。早い
　　　　ですね。そうそう、引き出しの中に昔の写真が
　　　　入っています。ちょっと待ってください。

森　田：卒業生の写真はみんなこのアルバムに
　　　　張ってあります。

リ　ン：これは鎌倉へ行ったときの写真ですね。先生はこの
　　　　人を覚えていますか。この赤いシャツを
　　　　着ている人です。

森　田：ええ、覚えていますよ。ヤンさんでしょう。

リ　ン：そうです。ヤンさんは去年結婚しました。ご主人は
だれだと思いますか。隣に座っているサイさんですよ。
森　田：えっ、サイさんですか。それは知りませんでした。
リ　ン：サイさんのうちには今もこの写真が飾ってあります。
森　田：そうですか。あなた方のクラスはとても楽しい
クラスでしたね。
リ　ン：ええ、本当にいいクラスでした。

新しい漢字

引き出し　　昔　　写真　　手続き　　並ぶ　　卒業する
ひ　だ　　　むかし　しゃ しん　てつづ　　なら　　そつぎょう

貿易会社　　覚える　　赤い　　去年　　知る　　あなた方
ぼうえき がいしゃ　おぼ　　　あか　　きょねん　し　　　　　がた

新しい読み方

引き出し　　入学　　先に　　会う　　貿易会社　　楽しい
ひ　だ　　　にゅうがく　さき　　あ　　ぼうえきがいしゃ　たの

12課
会話文

ひきだしの なかに むかしの しゃしんが はいっています

(しょくいんしつで)

リ ン：せんせい、こんにちは。おげんきですか。リンです。

もりた：あっ、リンさん。こんにちは。ひさしぶりですね。

リ ン：きょうは いとこの にゅうがくてつづきに
　　　　きました。

もりた：ああ、そうですか。てつづきは もう すみましたか。

リ ン：いいえ、まだ すんで いません。いま じむしつ
　　　　には ひとが おおぜい ならんで いますから、
　　　　さきに せんせいに あいに きました。

もりた：そうですか。あなたは もう だいがくを
　　　　そつぎょうしましたか。

リ ン：ええ、にねんまえに だいがくを でて、いまは
　　　　ぼうえきがいしゃに つとめて います。

もりた：あなたが この がっこうを そつぎょうして もう
　　　　ろくねんですか。はやいですね。そうそう、ひ
　　　　きだしの なかに むかしの しゃしんが はいって
　　　　います。ちょっと まって ください。

もりた：そつぎょうせいの　しゃしんは　みんな　この
　　　　アルバムに　はって　あります。

リ　ン：これは　かまくらへ　いった　どきの　しゃしんで
　　　　すね。せんせいは　この　ひとを　おぼえて　いま
　　　　すか。この　あかい　シャツを　きて　いる
　　　　ひとです。

もりた：ええ、おぼえて　いますよ。ヤンさんでしょう。

リ　ン：そうです。ヤンさんは　きょねん　けっこん　しま
　　　　した。ごしゅじんは　だれだと　おもいますか。と
　　　　なりに　すわって　いる　サイさんですよ。

もりた：えっ、サイさんですか。それは　しりませんでした。

リ　ン：サイさんの　うちには　いまも　この　しゃしんが
　　　　かざって　あります。

もりた：そうですか。あなたがたの　クラスは　とても
　　　　たのしい　クラスでしたね。

リ　ン：ええ、ほんとうに　いい　クラスでした。

こ そ あ ど

こ	そ	あ	ど
これ	それ	あれ	どれ
ここ	そこ	あそこ	どこ
こちら	そちら	あちら	どちら
この(本)	その(本)	あの(本)	どの(本)
こんな(本)	そんな(本)	あんな(本)	どんな(本)
こんなに(大きい)	そんなに(大きい)	あんなに(大きい)	どんなに(大きい)
こう(する)	そう(する)	ああ(する)	どう(する)

顔と体
かお　からだ

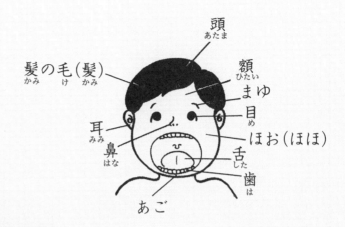

頭
あたま

額
ひたい

まゆ

目
め

ほお（ほほ）

髪の毛（髪）
かみ　け　かみ

耳
みみ

鼻
はな

舌
した

歯
は

あご

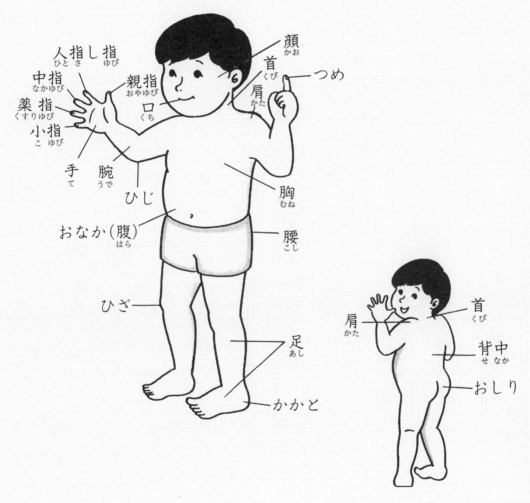

人指し指
ひと さ ゆび

中指
なかゆび

薬指
くすりゆび

小指
こ ゆび

親指
おやゆび

口
くち

顔
かお

首
くび

肩
かた

つめ

手
て

腕
うで

ひじ

胸
むね

おなか（腹）
はら

腰
こし

ひざ

足
あし

かかと

肩
かた

首
くび

背中
せ なか

おしり

数え方
かぞ かた

	a．〜枚 まい	b．〜円 えん	c．〜キロ	d．〜冊 さつ
1	いちまい	いちえん	いちキロ	いっさつ
2	にまい	にえん	にキロ	にさつ
3	さんまい	さんえん	さんキロ	さんさつ
4	よんまい	よえん	よんキロ	よんさつ
5	ごまい	ごえん	ごキロ	ごさつ
6	ろくまい	ろくえん	ろっキロ	ろくさつ
7	ななまい	ななえん	ななキロ	ななさつ
8	はちまい	はちえん	はちキロ	はっさつ
9	きゅうまい	きゅうえん	きゅうキロ	きゅうさつ
10	じゅうまい	じゅうえん	じっキロ	じっさつ
100	ひゃくまい	ひゃくえん	ひゃっキロ	ひゃくさつ
1000	せんまい	せんえん	せんキロ	せんさつ
？	なんまい	いくら	なんキロ	なんさつ
	4　よまい 7　しちまい 9　くまい	7　しちえん	7　しちキロ 8　はっキロ 10　じゅっキロ	 10　じゅっさつ
その他 た	台、号、番、 だい ごう ばん 行、度 ぎょう ど メートル(m) グラム(g)		キロメートル (km) キログラム(kg) パーセント(%)	頭、歳、丁目 とう さい ちょうめ 週間、ページ しゅうかん センチメートル (cm)、足 そく
注 ちゅう			6％と100％は ろくパーセント ひゃくパーセント ト	3足、1000足、 ぞく ぞく 何足は、さんぞ なんぞく く、せんぞく、 なんぞく

数え方

— 142 —

e．〜個 こ	f．〜階 かい	g．〜本 ほん	h．〜人 にん	i．〜つ
いっこ	いっかい	いっぽん	ひとり	ひとつ
にこ	にかい	にほん	ふたり	ふたつ
さんこ	さんがい	さんぼん	さんにん	みっつ
よんこ	よんかい	よんほん	よにん	よっつ
ごこ	ごかい	ごほん	ごにん	いつつ
ろっこ	ろっかい	ろっぽん	ろくにん	むっつ
ななこ	ななかい	ななほん	しちにん	ななつ
はっこ	はちかい	はっぽん	はちにん	やっつ
きゅうこ	きゅうかい	きゅうほん	きゅうにん	ここのつ
じっこ	じっかい	じっぽん	じゅうにん	とお
ひゃっこ	ひゃっかい	ひゃっぽん	ひゃくにん	ひゃく
せんこ	せんかい	せんぼん	せんにん	せん
なんこ	なんがい	なんぼん	なんにん	いくつ
10 じゅっこ	3 さんかい 8 はっかい 10 じゅっかい ? なんかい	8 はちほん 10 じゅっぽん	7 ななにん 9 くにん	
回、か月 かい　げつ	軒 けん	匹、杯 ひき　はい		

わたしの家族
かぞく

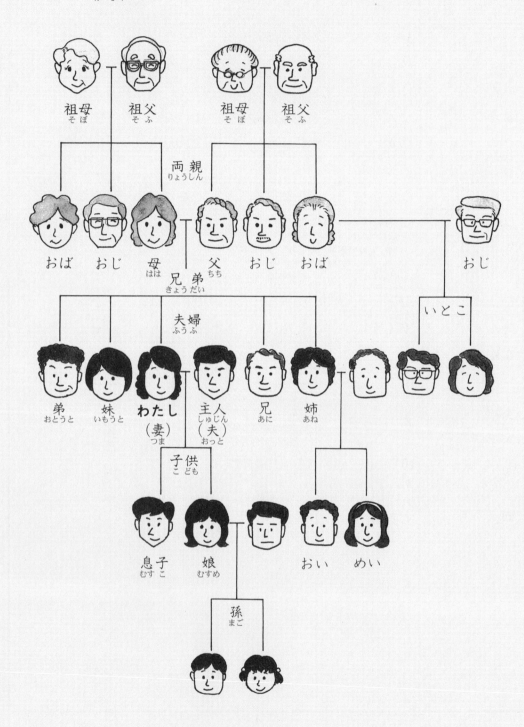

家族

～さんのご家族
かぞく

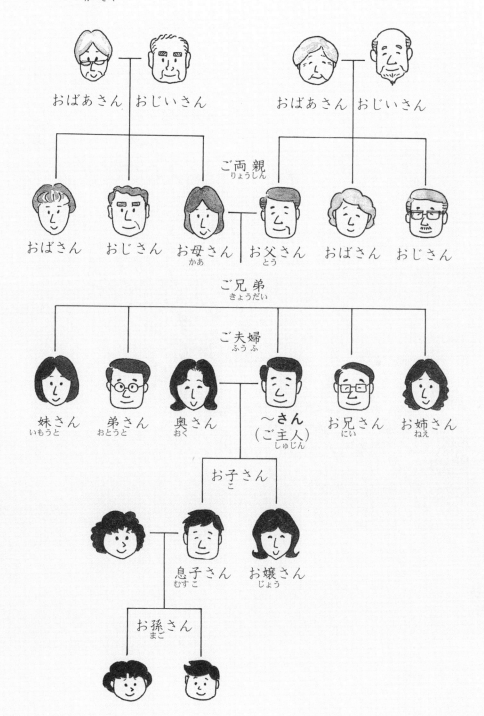

おばあさん　おじいさん　　　　おばあさん　おじいさん

ご両親
りょうしん

おばさん　　おじさん　　お母さん　お父さん　おばさん　　おじさん
かあ　　とう

ご兄弟
きょうだい

ご夫婦
ふうふ

妹さん　　弟さん　　奥さん　　～さん　　お兄さん　お姉さん
いもうと　おとうと　おく　（ご主人）にい　　ねえ
しゅじん

お子さん
こ

息子さん　お嬢さん
むすこ　　じょう

お孫さん
まご

日本地図
にほんちず

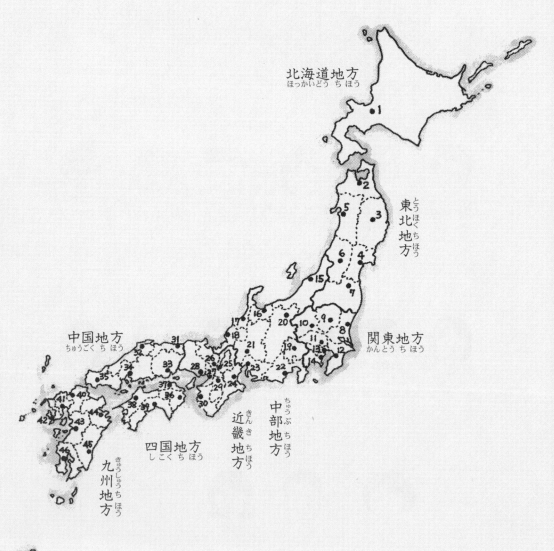

北海道地方
ほっかいどう ち ほう

東北地方
とう ほく ち ほう

中国地方
ちゅうごく ち ほう

関東地方
かんとう ち ほう

中部地方
ちゅうぶ ち ほう

近畿地方
きんき ち ほう

四国地方
し こく ち ほう

九州地方
きゅうしゅう ち ほう

県と県庁所在地
けん　けんちょうしょざいち

	県名	県庁所在地		県名	県庁所在地
1	北海道(道)	札幌	25	滋賀	大津
2	青森	青森	26	京都(府)	京都
3	岩手	盛岡	27	大阪(府)	大阪
4	宮城	仙台	28	兵庫	神戸
5	秋田	秋田	29	奈良	奈良
6	山形	山形	30	和歌山	和歌山
7	福島	福島	31	鳥取	鳥取
8	茨城	水戸	32	島根	松江
9	栃木	宇都宮	33	岡山	岡山
10	群馬	前橋	34	広島	広島
11	埼玉	さいたま	35	山口	山口
12	千葉	千葉	36	徳島	徳島
13	東京(都)	新宿	37	香川	高松
14	神奈川	横浜	38	愛媛	松山
15	新潟	新潟	39	高知	高知
16	富山	富山	40	福岡	福岡
17	石川	金沢	41	佐賀	佐賀
18	福井	福井	42	長崎	長崎
19	山梨	甲府	43	熊本	熊本
20	長野	長野	44	大分	大分
21	岐阜	岐阜	45	宮崎	宮崎
22	静岡	静岡	46	鹿児島	鹿児島
23	愛知	名古屋	47	沖縄	那覇
24	三重	津			

県と県庁
所在地

動詞リスト
どうし

課	動詞１	動詞２	動詞３
3	ある	いる	
5	あらう［洗う］ いく［行く］ おわる［終わる］ かう［買う］ かえる［帰る］ （時間が）かかる きく［聴く］ のむ［飲む］ のる［乗る］ （おふろに）はいる［入る］ はじまる［始まる］ みがく［磨く］ よむ［読む］	あびる［浴びる］ おきる［起きる］ たべる［食べる］ （うちを）でる［出る］ ねる［寝る］ みる［見る］	くる［来る］ する
6	わかる［分かる］	おりる［降りる］ きこえる［聞こえる］ みえる［見える］	
7	あそぶ［遊ぶ］ おくる［送る］ おもう［思う］ およぐ［泳ぐ］ （お金を）おろす［下ろす］ かく［書く］ （絵を）かく しぬ［死ぬ］ だす［出す］ たつ［立つ］ つくる［作る］ とる［撮る］ なく［泣く］ なる［鳴る］ はしる［走る］	（人に）あげる あずける［預ける］ うまれる［生まれる］ おちる［落ちる］ こわれる［壊れる］ （虹が）でる［出る］ はれる［晴れる］ むかえる［迎える］	けっこんする ［結婚する］ にゅういんする ［入院する］ にゅうがくする ［入学する］ べんきょうする ［勉強する］

動詞
3-7課

課	動詞 I	動詞 2	動詞 3
	はなす［話す］ ひく［弾く］ ふる［降る］ まつ［待つ］ もらう		
8	けす［消す］ （大学に）はいる［入る］ やすむ［休む］ やむ	うける［受ける］ おしえる［教える］ （電話を）かける くれる のりかえる［乗り換える］	
9	あるく［歩く］ うたう［歌う］ おどる［踊る］ とおる［通る］ とぶ［飛ぶ］ （階段を）のぼる［上る］ はたらく［働く］ わたる［渡る］ わらう［笑う］	つとめる［勤める］ （階段を）おりる［下りる］	けいえいする ［経営する］ さんぽする ［散歩する］
10	あがる［上がる］ いう［言う］ うごく［動く］ （人に）きく［聞く］ きる［切る］ （息を）すう［吸う］ （たばこを）すう［吸う］ とまる［止まる］ （元気に）なる ぬぐ［脱ぐ］ （風邪を）ひく［引く］ （学校を）やすむ［休む］	あける［開ける］ いれる［入れる］ きる［着る］ こたえる［答える］ しめる［閉める］ すてる［捨てる］ （電灯を）つける （気を）つける （息を）とめる［止める］ （辞書を）みる［見る］	そつぎょうする ［卒業する］

動詞

7-10 課

課	動詞 1	動詞 2	動詞 3
11	おとす［落とす］ かざる［飾る］ かわく［乾く］ こまる［困る］ さく［咲く］ だす［出す］ つかう［使う］ つくる［造る］ ならう［習う］ はらう［払う］ ほす［干す］ もっていく［持っていく］	おくれる［遅れる］ （場所を）おしえる 　　　　　　［教える］ かりる［借りる］ きる［着る］ ぬれる わすれる［忘れる］	もってくる 　［持ってくる］
12	あう［会う］ あく［開く］ おく［置く］ （絵が）かかる［掛かる］ （かぎが）かかる かぶる くもる［曇る］ けす［消す］ しまる［閉まる］ しる［知る］ すむ［住む］ すむ［済む］ すわる［座る］ （電灯が）つく （駅に）つく［着く］ つもる［積もる］ ならぶ［並ぶ］ （ズボンを）はく はる［張る］ ふとる［太る］ もつ［持つ］	（スィッチを）いれる 　　　　　　　［入れる］ おぼえる［覚える］ かける［掛ける］ （眼鏡を）かける［掛ける］ （かぎを）かける きえる［消える］ （ネクタイを）しめる 　　　　　　　［締める］ でかける［出掛ける］ （大学を）でる［出る］ とめる［止める］ ならべる［並べる］ やせる	（時計を）する （車に）ちゅういする 　　　　　　［注意する］

課	動詞 1	動詞 2	動詞 3
13	かわく ［渇く］ こむ ［込む］ (おなかを)こわす ［壊す］ (おなかが)すく (山に)のぼる ［登る］ (振り仮名を)ふる ［振る］ まにあう ［間に合う］	つかれる ［疲れる］ (例文が)でる ［出る］	(これに)する さんかする ［参加する］
14	うる ［売る］ がんばる ［頑張る］ (切符を)とる ［取る］ はこぶ ［運ぶ］	あつめる ［集める］ かんがえる ［考える］ きめる ［決める］ しらべる ［調べる］ できる	じゅけんする ［受験する］ そうだんする ［相談する］ たいいんする ［退院する］
15	(コンテストが)ある おくる ［贈る］ かう ［飼う］ (傘を)さす さそう ［誘う］ だまる ［黙る］ とまる ［泊まる］ (皮を)むく よる ［寄る］ わたす ［渡す］	(コンテストに)でる ［出る］ にる ［似る］ わかれる ［別れる］	ゆうしょうする ［優勝する］
16	(お金が)いる ［要る］ かえす ［返す］ (先生に)ことわる ［断る］ (いすを)こわす ［壊す］ (熱が)さがる ［下がる］ たのむ ［頼む］ (うそを)つく ひやす ［冷やす］ (仕事を)やる	とめる ［泊める］	よやくする ［予約する］

動詞
13-16 課

課	動詞 1	動詞 2	動詞 3
17	(田中と) いう (人) (電車が) すく ちがう ［違う］ ちる ［散る］ (風が) ふく ［吹く］	ためる (東京に) でる ［出る］ (ボタンが) とれる 　　　　　 ［取れる］ やめる	
18	おす ［押す］ おもいだす ［思い出す］ かわいがる だく ［抱く］ たす ［足す］ つれていく ［連れていく］ (猫が) とぶ ［飛んでくる］ (点を) とる ［取る］ (年を) とる ［取る］ ねむる ［眠る］ (数を) ひく ［引く］ (えさを) やる よろこぶ ［喜ぶ］	(テストが) できる (雪が) とける ［解ける］	(長い髪を) する つれてくる 　　　 ［連れてくる］
19	いそぐ ［急ぐ］ かわる ［変わる］ ことわる ［断る］ (かばんから) だす ［出す］ てつだう ［手伝う］ (免許を) とる ［取る］ なおる ［治る］ (辞書を) ひく ［引く］	(準備が) できる はじめる ［始める］	しょうかいする 　　　 ［紹介する］ (部屋を暖かく) する
20	(席が) あく ［空く］ おくる ［送る］ かす ［貸す］ すべる ［滑る］ なおす ［直す］ なく ［鳴く］ なくす	(手を) あげる ［挙げる］ しらせる ［知らせる］ みせる ［見せる］	ごちそうする しょうたいする 　　　 ［招待する］ (親切に) する

動詞
17-20 課

課	動詞 I	動詞 2	動詞 3
	なくなる ［亡くなる］ ゆずる ［譲る］ (名前を)よぶ ［呼ぶ］		
21	うけとる ［受け取る］ うつす ［移す］ (人を)おこす ［起こす］ おこなう ［行う］ おこる ［怒る］ かむ さがす ［捜す］ しかる しめきる ［締め切る］ たたく (人の物を)とる ［取る］ なくなる ならす ［鳴らす］ ぬすむ ［盗む］ (パーティーを)ひらく 　［開く］ ふむ ［踏む］ やぶる ［破る］ よごす ［汚す］ (部屋に)よぶ ［呼ぶ］	たすける ［助ける］ たてる ［建てる］ ほめる (会社を)やめる 　　　［辞める］	きょかする 　［許可する］ きんしする 　［禁止する］ しっぱいする 　［失敗する］ しつもんする 　［質問する］ していする 　［指定する］ (先生が子供に) ちゅういする 　［注意する］ はっこうする 　［発行する］ はっぴょうする 　［発表する］ びっくりする ほうそうする 　［放送する］
22	おどろく ［驚く］ かなしむ ［悲しむ］ やくす ［訳す］	かえる ［替える］ しんじる ［信じる］ たしかめる ［確かめる］	あんしんする 　［安心する］ ごうかくする 　［合格する］ しんぱいする 　［心配する］ (病気を)する せつめいする 　［説明する］

形容詞リスト
けいよう し

課	形容詞1	課	形容詞1	課	形容詞2
2	あたらしい [新しい]		あつい [暑い]	2	きれい
	ふるい [古い]		さむい [寒い]		しずか [静か]
	あつい [厚い]		あかるい [明るい]		にぎやか
	うすい [薄い]		たのしい [楽しい]	3	じょうぶ [丈夫]
	おいしい		いそがしい [忙しい]		いろいろ
	まずい	7	めずらしい [珍しい]	4	しんせつ [親切]
	おおきい [大きい]	8	とおい [遠い]		べんり [便利]
	ちいさい [小さい]	9	いたい [痛い]		すき [好き]
	おもい [重い]		おおい [多い]		きらい [嫌い]
	かるい [軽い]		わるい [悪い]	6	ひま [暇]
	おもしろい [面白い]	10	はやい [速い]		げんき [元気]
	つまらない		おそい [遅い]		かんたん [簡単]
	たかい [高い]		きたない [汚い]		ざんねん [残念]
	ひくい [低い]		ねむい [眠い]	9	しんせん [新鮮]
	たかい [高い]		よわい [弱い]		じょうず [上手]
	やすい [安い]		わかい [若い]		へた [下手]
	ながい [長い]	11	つよい [強い]	10	ていねい [丁寧]
	みじかい [短い]		ない		だいじょうぶ [大丈夫]
	ひろい [広い]	13	ほしい [欲しい]	13	ふべん [不便]
	せまい [狭い]		すくない [少ない]	14	しんぱい [心配]
	ふとい [太い]		つめたい [冷たい]		たいせつ [大切]
	ほそい [細い]	14	ただしい [正しい]		たいへん [大変]
	むずかしい [難しい]		あぶない [危ない]	15	いや [嫌]
	やさしい [易しい]	15	はずかしい		だめ
3	いい		[恥ずかしい]		ひつよう [必要]
	かわいい		かなしい [悲しい]	17	ゆうめい [有名]
	まるい [丸い]		さびしい [寂しい]	18	けんこう [健康]
	あかい [赤い]		うまい	19	にがて [苦手]
	くろい [黒い]	17	こわい [怖い]	20	めいわく [迷惑]
	しろい [白い]	18	うるさい		あんしん [安心]
4	あおい [青い]		やわらかい [軟らかい]	21	むだ [無駄]
	あまい [甘い]		やさしい [優しい]		
	からい [辛い]		にがい [苦い]		
	かたい [固い]		ほそながい [細長い]		
5	ちかい [近い]		あつい [熱い]		
	はやい [早い]		うれしい		
6	あたたかい [暖かい]		くらい [暗い]		
	すずしい [涼しい]	19	ひどい		

形容詞

かたかなのことば

課				
1	アメリカ	イギリス	インドネシア	マレーシア
	ノート	消しゴム	ボールペン	オートバイ
	テープ	ラジオ		
2	フィリピン	ロビー	トイレ	ズボン
3	パンダ	シャツ	テレビ	バナナ
	テーブル	ベッド	ドア	ライオン
4	ハンカチ	ステレオ	エビフライ	ハンバーグ
	カレー	コーラ	ビール	ジュース
	コップ	スーパー	レストラン	グラム
	アパート	コーヒー		
5	サンドイッチ	パン	ケーキ	シャワー
	ショパン	シューベルト	クラシック	ラジカセ
	パーティー	ホール	スカート	バス
	デパート	シーディー(CD)		
6	NHKホール	ニュース	ピアノ	コンサート
	サッカー	バドミントン	テニス	ピンポン
	スポーツ	ルール	タイ	東京ドーム
	ティー(T)シャツ			
7	ネクタイ	プレゼント	プール	チケット
	タクシー	チャイム	中野サンプラザ	フランス
8	チューリップ	ブラウス	セーター	ワイン
	レッスン	アルバイト	スプーン	ナイフ
	フォーク			
9	メロン	パイナップル	レモン	キス
	ギター	テレビゲーム	ゴルフ	バレーボール
	バスケットボール	クラス	センチ	ドイツ
10	レントゲン	カメラ	ドラマ	
11	アイスクリーム	ウイスキー	コインランドリー	
	ウオークマン	ガソリンスタンド		
12	ハンガー	ワンピース	スーツ	ベルト
	コート	レインコート	ハンドバッグ	ネックレス
	カレンダー	アルバム	ストーブ	電気スタンド
	スイッチ			

かた
かな

課			
13	ハワイ スキー オレンジジュース	エアコン パソコン	ラケット イスラム教徒	エレベーター
14	イタリア ダンス	スペイン バイオリン	フランス スケート	ホームステイ ボート
15	スピーチ ビル	コンテスト ミルク	メモ オーストラリア	オリンピック
16	パスポート アンケート	ビザ	ホテル	ブラジル
17	メニュー 電子レンジ カーネーション	ラーメン ボタン	カレーライス エベレスト	チャーハン ピンク
18	グローブ スープ ディズニーランド	リモコン マイナス	ピラミッド サンタクロース	プロ野球 テスト
19	ハイキング トランプ サービス	ファッション ビデオ	カウンター スパゲティー	チョコレート
20	東京タワー			
21	サイレン	コンピューター		

かた
かな

— 156 —

新出漢字一覧
しんしゅつかんじ いちらん

1 人名前先生山田男女何 2 学校木村教室二階日本

語少 3 動物小林建中大母子供石上丸広場国白 4 昼

近安店好銀行静料理高七百五十円 5 主食飲毎晩

復習予後一時間寝六起早朝九出分 6 道弟東京野

球売絵買形水橋駅見試合公園 7 会三来週土曜午

所空港思夜英話勉強 8 終音楽火受目黒線新宿手

乗四始親切茶 9 森今父昨初品多魚家内娘向友年

科 10 虫病院番入台息止医者風休言薬種類元気良

11 雨当洗着困機金便利通読待帰持 12 続並卒業社引

昔写真覚赤去知方 13 辞書屋外例文難漢字値段度

特下 14 保証夏八月北海聞立部験心配変決相談調

考電 15 庭経次丈夫忘残念発 16 姉式冬必要別登録千

印紙代頼自 17 案図館説明暗死最歳有青恋 18 顔重太

過開肉世妹春連 19 頭川急寒歩暖秋葉原花使押取

20 願定達練具服借貸長県温泉吹雪天 21 転車実区管

全移禁注意置横許可 22 職員第格面接短訳問題記

事質答運両喜板号 (328字)

漢字索引
かんじさくいん　　（＊は読み替え漢字、△は特殊な読み、数字は課を示す）

＜あ＞	今＊ いま	9	押す おす	19	楽 がく	8	決める き	14	今朝△＊ けさ	11
合 あい	6	妹 いもうと	18	弟 おとうと	6	貸す か	20	九＊ きゅう	9	月＊ げつ	14
→（合う）あ		要る＊ い	16	男 おとこ	1	風邪△ かぜ	10	急 きゅう	19	見＊ けん	22
会う＊ あ	12	入れる＊ い	19	覚える おぼ	12	→（風）かぜ		球 きゅう	6	県 けん	20
赤い あか	12	印 いん	16	重い おも	18	-方 がた	12	去 きょ	12	験 けん	14
上がる＊ あ	10	院 いん	10	思う おも	7	→（方）かた	21	許 きょ	21	元 げん	10
秋 あき	19	員 いん	22	終わる お	8	形 かたち	6	京 きょう	6		
開ける あ	18			音 おん	8	月 がつ	14	教 きょう	2	＜こ＞	
朝 あさ	5	＜う＞		温 おん	20	学- がっ	2	強 きょう	7	小 こ	3
暖かい あたた	19	上 うえ	3	女 おんな	1	必ず＊ かなら	16	今日△＊ きょう	10	子 こ	3
頭 あたま	18	受ける う	8			金 かね	11	業 ぎょう	12	今年△＊ ことし	20
後 あと	5	動く＊ うご	10	＜か＞		借りる か	20	着る き	11	五 ご	4
姉 あね	16	移す うつ	21	火 か	8	-川 がわ	19	金＊ きん	21	午 ご	7
雨 あめ	11	売る＊ う	9	-日＊ か	20	→（川）かわ		禁 きん	21	後＊ ご	7
歩く ある	19	運 うん	22	可 か	21	代わり か	16	銀 ぎん	4	語 ご	2
安＊ あん	20			科 か	9	変わる＊ か	19			恋 こい	17
案 あん	16	＜え＞		家 か	9	間 かん	5	＜く＞		公 こう	6
暗 あん	17	絵 え	6	母さん かあ	3	漢 かん	13	九 く	5	行 こう	4
		英 えい	7	会 かい	7	管 かん	21	区 く	21	校 こう	2
＜い＞		駅 えき	6	海 かい	14	館 かん	17	具 ぐ	20	港 こう	7
医 い	10	円 えん	4	階 かい	2	考える かんが	14	空 くう	7	合＊ ごう	22
意 い	21	園 えん	6	-会＊ がい	12			薬 くすり	10	号＊ ごう	22
言う い	10			外 がい	13	＜き＞		国 くに	3	国＊ こく	13
息 いき	10	＜お＞		買う か	6	木 き	2	来る＊ く	11	答える こた	22
行く＊ い	5	多い おお	9	帰る かえ	11	気 き	10	-黒 ぐろ	8	言＊ こと	22
石 いし	3	大きい おお	3	顔 かお	18	記 き	22	→（黒）くろ		困る こま	11
一 いち	5	起きる お	5	格 かく	22	機 き	11			今 こん	9
一ー＊ いっ	9	置く お	21	書く＊ か	16	来ます＊ き	7	＜け＞			
五つ＊ いつ	4	教える＊ おし	20	学＊ がく	5	昨日△ きのう	9	経 けい	15	＜さ＞	

漢字
索引
さ-ね

言い方一覧
<ruby>言<rt>い</rt></ruby>　<ruby>方一覧<rt>かたいちらん</rt></ruby>

1課<rt>か</rt>

1 ・わたしはラヒムです。

2 ・ラヒムさんはインドネシア人<rt>じん</rt>ではありません。ラヒムさんはマレーシア人<rt>じん</rt>です。

3 ・あなたはインドネシア人<rt>じん</rt>ですか。

　　はい、わたしはインドネシア人<rt>じん</rt>です。

　　いいえ、わたしはインドネシア人<rt>じん</rt>ではありません。

4 ・これは時計<rt>とけい</rt>ですか。

　　はい、それは時計<rt>とけい</rt>です。

　・それはラジオですか。

　　はい、これはラジオです。

　・あれは病院<rt>びょういん</rt>ですか。

　　はい、あれは病院<rt>びょういん</rt>です。

　○これは雑誌<rt>ざっし</rt>ですか。

　　はい、これは雑誌<rt>ざっし</rt>です。

5 ・これは何<rt>なん</rt>ですか。

　　それは消しゴム<rt>け</rt>です。

　・あなたの先生<rt>せんせい</rt>はだれですか。

　　わたしの先生<rt>せんせい</rt>は山田先生<rt>やまだせんせい</rt>です。

6 ・これはわたしの本<rt>ほん</rt>です。

　・山田先生<rt>やまだせんせい</rt>は女<rt>おんな</rt>の先生<rt>せんせい</rt>です。

　・これはだれの本<rt>ほん</rt>ですか。

　　それはアリフさんの本<rt>ほん</rt>です。

　・それは何<rt>なん</rt>の本<rt>ほん</rt>ですか。

　　これは数学<rt>すうがく</rt>の本<rt>ほん</rt>です。

7 ・あれはあなたのオートバイですか。

　　はい、あれはわたしのです。

8 ○ラヒムさんは学生<rt>がくせい</rt>です。アリフさんも学生<rt>がくせい</rt>です。

　○ラヒムさんは先生<rt>せんせい</rt>ではありません。アリフさんも先生<rt>せんせい</rt>ではありません。

　・わたしはマレーシア人<rt>じん</rt>です。あなたもマレーシア人<rt>じん</rt>ですか。

　　はい、わたしもマレーシア人<rt>じん</rt>です。

　　いいえ、わたしはマレーシア人<rt>じん</rt>ではありません。

2課<rt>か</rt>

1 ・わたしの自転車<rt>じてんしゃ</rt>は新<rt>あたら</rt>しいです。

　・わたしの部屋<rt>へや</rt>は静<rt>しず</rt>かです。

2 ・あなたの部屋<rt>へや</rt>は広<rt>ひろ</rt>いですか、狭<rt>せま</rt>いですか。

　　わたしの部屋<rt>へや</rt>は広<rt>ひろ</rt>いです。

3 ・このりんごはおいしいです。

　○その本<rt>ほん</rt>は面白<rt>おもしろ</rt>いです。

　○あの山<rt>やま</rt>は富士山<rt>ふじさん</rt>です。

4 ・ここはあなたの教室<rt>きょうしつ</rt>ですか。

　　はい、ここはわたしの教室<rt>きょうしつ</rt>です。

　○ここはチンさんの部屋<rt>へや</rt>ですか。

　　はい、そこはチンさんの部屋<rt>へや</rt>です。

　○そこはあなたの部屋<rt>へや</rt>ですか。

　　はい、ここはわたしの部屋<rt>へや</rt>です。

・あそこは事務室ですか。

　はい、あそこは事務室です。

5・あそこは何ですか。

　あそこはロビーです。

6・職員室はどこですか。

　職員室はあそこです。

7・これはあなたの本ですか。

　はい、そうです。

　いいえ、そうではありません。

8・ここは事務室です。

　そうですか。

9・あなたの部屋はきれいですね。

3課

1・これは面白い本です。

・あそこは静かな公園です。

2・教室にアンナさんがいます。

・いすの下に猫がいます。

・あそこに図書館があります。

3・教室にラヒムさんとアリフさんがいます。

4・机の上に本やノートなどがあります。

5○窓のそばにだれがいますか。

　（窓のそばに）アンナさんがいます。

・木の上に何がいますか。

　（木の上に）猫がいます。

○かばんの中に何がありますか。

　（かばんの中に）ノートがあります。

6・この教室にマレーシアの学生がいますか。

　はい、（マレーシアの学生が）います。

いいえ、マレーシアの学生はいません。

7・机の上に何がありますか。

　本があります。

・机の下には何がありますか。

　机の下にはかばんがあります。

8○教室にだれがいますか。

　教室にはだれもいません。

・庭に何がいますか。

　庭には何もいません。

○机の中に何がありますか。

　机の中には何もありません。

9・アンナさんはどこにいますか。

　アンナさんは教室にいます。

○あなたの学校はどこにありますか。

　わたしの学校は新宿にあります。

10・ここは動物園です。動物園にはいろいろな動物がいます。

11○あなたの傘はどれですか。

　わたしの傘はこれです。

・あなたの傘はどの傘ですか。

　わたしの傘はこの傘です。

○アンナさんはどの人ですか。

　アンナさんはあの人です。

12・あそこにかめがいますよ。

4課

1・この車は新しいですか。

　いいえ、この車は新しくありません。

　（新しくないです。）

- あなたの部屋は静かですか。
  - いいえ、わたしの部屋は静かではありません。

2 ・わたしのかばんは大きくて重いです。
- この店は静かできれいです。

3 ・あのレストランの料理はどうですか。
  - （あのレストランの料理は）安くておいしいです。

4 ・この店はあまりきれいではありません。

5 ・窓のそばにテーブルが五つあります。（⇒表1、2）
  ○ 机の上にノートが二冊と鉛筆が一本あります。

6 ○ いすはいくつありますか。（⇒表1、2）
  - （いすは）二十あります。
  ○ 男の学生は何人いますか。
  - （男の学生は）三人います。
  ○ ノートは何冊ありますか。
  - （ノートは）八冊あります。
  - ジュースはいくらですか。
  - （ジュースは）四百円です。

7 ○ りんごをください。
  ○ りんごを五つください。
  - りんごを五つとみかんを十ください。

8 ・わたしはバナナが好きです。
  ○ わたしは魚が嫌いです。
  - わたしはこのかばんがいいです。

1 ・わたしは毎朝六時に起きます。
  ○ わたしはあした四時に起きます。

2 ・わたしは毎朝六時に起きます。（⇒表1、2、3）

3 ・わたしは毎晩十時ごろ寝ます。

4 ・わたしはハンバーグを食べます。

3 ・わたしは銀行へ行きます。

6 ・わたしは毎朝八時にうちを出ます。
  ○ わたしは毎晩おふろに入ります。

7 ・あなたは毎朝コーヒーを飲みますか。
  - いいえ、（わたしは）コーヒーは飲みません。牛乳を飲みます。
  ○ 学校は九時には始まりません。九時十分に始まります。
  ○ わたしはデパートへは行きません。スーパーへ行きます。

8 ・（あなたは）何か飲みますか。
  - はい、（飲みます。）ジュースを飲みます。
  - いいえ、何も飲みません。
  ○ 教室にだれかいますか。
  - はい、（います。）アンナさんがいます。
  - いいえ、だれもいません。

9 ・ホールに学生が二百人ぐらいいます。
  - あなたは毎晩どのくらい勉強をしますか。（⇒表3）
  ○ あなたは毎晩何時間ぐらい勉強をしますか。
  - わたしは毎晩三時間ぐらい勉強をします。

10・うちから学校まで三十分ぐらいかかり
　　ます。

　○わたしは毎晩八時から十一時まで勉強
　　をします。

11・わたしは勉強の後でテレビを見ます。

　○わたしは食事の前にシャワーを浴びま
　　す。

6課

1・わたしはおとといスーパーへ行きまし
　　た。（⇒表1）

　・わたしは昨日はスーパーへ行きません
　　でした。

2・昨日の試験は難しかったです。

　○先週の試験はあまり難しくありません
　　でした。

　○わたしは英語の勉強が好きでした。

　○わたしは数学の勉強が好きではありま
　　せんでした。

3・昨日はいい天気でした。

　○おとといはいい天気ではありませんで
　　した。

4・わたしは毎日図書館で勉強します。

5・あの人は英語が分かります。

　・窓から富士山が見えます。

　○隣の部屋からピアノの音が聞こえます。

6・あなたは昨日どこかへ行きましたか。

　　はい、（行きました。）新宿へ行きました。

　　いいえ、どこへも行きませんでした。

7・あなたはどんなスポーツが好きですか。

　　わたしはテニスが好きです。

　○木村さんのうちはどんなうちですか。

　　（木村さんのうちは）新しくてきれい
　　なうちです。

8・お母さんはどこにいますか。

　　　　　　　　　　　　　　（⇒図1、2）

　　母は庭にいます。

9・わたしはアリフさんと一緒に渋谷へ行
　　きました。

　・わたしは昨日友達と映画を見ました。

10・わたしは土曜日にNHKホールへ行き
　　ました。

　　それはどこにありますか。

　　（それは）渋谷にあります。

　○わたしは今晩ジョンさんと食事をします。

　　その人はどこの国の人ですか。

　　（その人は）アメリカの人です。

　○わたしは昨日新宿のデパートへ行きま
　　した。そこでかばんを買いました。

11・わたしは日曜日に箱根へ行きました。

　　富士山がよく見えました。

　　それは良かったですね。

12・わたしは昨日東京ドームへ行きました。

　　東京ドームですか。それは何ですか。

　　（それは）野球場です。

7課

1・あしたは雨が降ると思います。（⇒表1）

・あさっては雨が降らないと思います。

2・あなたは新宿へ何をしに行きましたか。

　わたしは新宿へテレビを買いに行きました。

・リサさんは日本へ音楽の勉強に来ました。

3○だれがこの絵をかきましたか。

　木村さんが（この絵を）かきました。

・あした母が日本へ来ます。わたしは成田空港へ母を迎えに行きます。

4・田中さんはリサさんにばらの花をあげました。

5・わたしは友達からハンカチをもらいました。

6○あなたはいつアメリカへ行きますか。

　（⇒表2、3）

　来月行きます。

・パーティーはいつですか。

　七月八日です。

7・パーティーは来週の月曜日で、時間は午後七時からです。

　　（パーティーは来週の月曜日です。

　時間は午後七時からです。）

8課

1・学校は九時に始まって、四時に終わります。（⇒表1）

・わたしは今朝コーヒーを飲んで、パンを食べました。

2・わたしは晩ご飯を食べてから、テレビを見ます。

3・わたしは寝る前に、歯を磨きます。

4・学校が終わってから、わたしはサッカーをします。

○わたしは映画が始まる前に、コーヒーを買いました。

5・アンナさんはわたしにりんごをくれました。

6・わたしは電車で学校へ来ます。

○わたしはボールペンで名前を書きました。

9課

1・チンさんは今テレビを見ています。

2・リサさんは毎日ピアノの練習をしています。

3・父は大学で英語を教えています。

4・アンナさんは声がきれいです。

5・あなたはスポーツの中で何が一番好きですか。

　サッカーが一番好きです。

6・わたしは毎朝公園を散歩します。

7・友子さんは何歳ですか。（いくつですか。）

　　　　　　　　　　　（⇒表1）

　九歳です。（九つです。）

8・わたしは友達の田中さんからこの辞書をもらいました。

9・あなたはどのくらい日本にいますか。

　一週間ぐらいいます。（⇒表2）

10課

1・ボールペンで書いて<u>ください</u>。

・鉛筆で<u>書かないで</u>ください。

2・わたしはパンを<u>薄く</u>切りました。

○学生たちは<u>静かに</u>勉強しています。

3・午前中は雨が降っていました。しかし、午後は天気が<u>良く</u>なりました。

・部屋の掃除をしました。部屋が<u>きれいに</u>なりました。

○兄は<u>医者に</u>なりました。

4　普通の形（⇒表1）

○森田先生は事務室へ<u>行った</u>と思います。

○日本語の勉強は<u>面白い</u>と思います。

・あの人はチンさんの<u>お父さんだ</u>と思います。

5○あしたは学校が<u>休みです</u>から、友達と映画を見に行きます。

・あしたは学校が<u>休みだ</u>から、友達と映画を見に行きます。

6・映画が<u>始まります</u>から、ホールに<u>入ってください</u>。

○映画が<u>始まる</u>から、ホールに<u>入ってください</u>。

7・先生は「来週試験をします。」<u>と言いました</u>。

○先生は来週試験を<u>すると言いました</u>。

○先生は学生たちに「来週試験をします。」<u>と言いました</u>。

8○この時計<u>は</u>父<u>から</u>もらいました。

（わたしは父からこの時計をもらいました。）

・高校<u>は三年前に</u>卒業しました。

（わたしは三年前に高校を卒業しました。）

9・あなたは昨日学校へ<u>来ませんでしたね</u>。どうしたのですか。

10・教室に学生が<u>三、四人</u>います。

11課

1・<u>あそこで本を読んでいる</u>人はだれですか。

・わたしは昨日<u>チンさんがいつも行く</u>レストランへ行きました。

○<u>リサさんの作った</u>料理はとてもおいしいです。

2・あしたは（たぶん）雨が降る<u>でしょう</u>。

○今日は日曜日ですから、あの公園は（たぶん）にぎやか<u>でしょう</u>。

○チンさんのお父さんは（たぶん）五十歳ぐらい<u>でしょう</u>。

○あしたは（たぶん）雨が降る<u>だろうと</u>思います。

3・わたしはいつもテレビを<u>見ながら</u>朝ご飯を食べます。

4・わたしは風邪を<u>引いてしまいました</u>。

○わたしはゆうべこの本を全部<u>読んでしまいました</u>。

5・わたしの部屋は狭いです<u>が</u>、明るくてきれいです。

12課

1・田中さんは白いセーターを着ています。

2・冷蔵庫の中にジュースが入っています。

3・テーブルの上に花が飾ってあります。

（⇨表１）

4・もう御飯を食べましたか。

　　はい、もう食べました。

　　いいえ、まだ食べていません。

5○あなたはあの人を知っていますか。

　　はい、知っています。

　　いいえ、知りません。

・あなたはこのニュースを知っていましたか。

　　はい、知っていました。

　　いいえ、知りませんでした。

6・あの人はチンさんでしょう。

　　ええ、チンさんです。

13課

1・わたしは日本語の辞書が欲しいです。

2・わたしは辞書を買いたいです。

○わたしはビールが飲みたいです。

3・あなたはアメリカへ行ったことがあり
ますか。

　　はい、一度行ったことがあります。

　　はい、何度も行ったことがあります。

　　いいえ、一度も行ったことがありま
せん。

4・昨日うちにいませんでしたね。どこへ
行ったのですか。

保証人のうちへ行ったのです。

○あなたはおすしを食べないのですか。

　　ええ、嫌いなのです。

・昨日うちにいませんでしたね。どこへ
行ったんですか。

保証人のうちへ行ったんです。

5・どうしてこのアパートは部屋代が安い
のですか。

　　駅から遠いからです。

　　（駅から遠いから部屋代が安いのです。）

6・あした映画を見に行きませんか。

　　ええ、行きましょう。

　　あしたはちょっと都合が悪いのです
が、……。

7・新宿へ行くバスはどれですか。

　　新宿へ行くのはあれです。

・どんな傘を買いましたか。

　　軽くて小さいのを買いました。

○どんなかばんがいいですか。

　　丈夫なのがいいです。

○どのアイスクリームがいいですか。

　　メロンのがいいです。

8・これは外国人のための日本語の辞書です。

○日本語が分からない人のために、英語
で話します。

9・何を食べますか。

　　ハンバーグにします。

10・このクラスにマレーシアの学生はいま
せんか。

ええ、いません。

（いいえ、）います。ラヒムさんがいます。

11・あの大学の試験は日本語だけです。

12・わたしはチンさんと二人で映画を見に行きました。

13・タンさんはキムさんからパーティーのことを聞きました。

14課

1・わたしは自転車に乗ることができます。

・わたしは日本語を話すことができます。

○わたしはテニスができます。

2・わたしは自転車に乗れます。（⇨表１）

・わたしは日本語が話せます。

3・キムさんは今どの教室にいるか（わたしは）分かりません。

○田中さんはどんな人か教えてください。

4○田中さんはカレーが好きかどうか（わたしは）分かりません。

・わたしは大学に入れるかどうか心配です。

5・わたしは音楽を聴くことが好きです。

6・わたしは肉は好きですが、魚は嫌いです。

7・わたしは日本語が話せるようになりました。

○あの人はこのごろよく勉強するようになりました。

・あの人は遅刻をしなくなりました。

8・夏休みは海へ行ったり山へ行ったりしました。

○雨が降ったりやんだりしています。

9○あの人は英語しか分かりません。

・わたしのクラスには女の学生が二人しかいません。

10○何か冷たい物を飲みたいです。

・何か相談したいことがあるときは、電話をかけてください。

○だれかタイ語のできる人を教えてください。

○どこかきれいな所へ行きたいです。

11・日曜日は暇ですから、いつでも遊びに来てください。

○わたしは日本料理は何でも食べられます。

○この料理は簡単だから、だれでも作れます。

12○チンさんは夏休みに国へ帰ると言っていました。

・田中さんはゆうべのパーティーは楽しかったと言っていました。

13・あの人は六か月で日本語がとても上手になりました。

14・わたしは毎朝コーヒーか紅茶を飲みます。

15課

1・わたしはあした映画を見に行くつもりです。

○わたしは今度の日曜日はどこへも行か
ないつもりです。

2・わたしは夏休みに北海道へ行こうと思
っています。（⇒表1）

3・チンさんは夏休みに国へ帰るそうです。
・先生の話によると今度の試験は難しい
そうです。

4・ラヒムさんは風邪を引いたと言ってい
たから、今日は学校へ来ないかもしれ
ません。
○あしたは雨かもしれません。

5・わたしは砂糖を入れてコーヒーを飲み
ます。
・姉は砂糖を入れないでコーヒーを飲み
ます。

6・早くうちへ帰りなさい。

7・わたしは新しいシャツを着てみました。

8・うちへ帰ったとき「ただいま」と言い
ます。
○昨日うちへ帰るときパンを買いました。
○わたしは小さいとき北海道に住んでい
ました。

9・友達と話をするのは楽しいです。

10・あした学校のホールでパーティーがあ
ります。

11・わたしは日本語がまだ下手です。
そんなことはありませんよ。

12・あそこに高いビルが見えますが、あれ
は何ですか。

16課

1・ここでたばこを吸ってもいいですか。
はい、たばこを吸ってもいいです。
（ええ、どうぞ。）
いいえ、吸ってはいけません。（いい
え、ここでは吸わないでください。）
・ここでたばこを吸ってはいけませんか。
はい、吸ってはいけません。（ええ、
ここでは吸わないでください。）
いいえ、吸ってもいいですよ。

2・漢字で書かなくてもいいですか。
はい、漢字で書かなくてもいいです。
いいえ、漢字で書かなければいけま
せん。（いいえ、漢字で書いてください。）
・漢字で書かなければいけませんか。
はい、漢字で書かなければいけませ
ん。（ええ、漢字で書いてください。）
いいえ、漢字で書かなくてもいいで
すよ。

3・弟の結婚式があるから、あした会社を
休まなければなりません。

4・今晩友達が来るから、部屋を掃除して
おきます。

5・チンさんが住んでいるのはあのアパー
トです。
（チンさんはあのアパートに住んでい
ます。）

6・（答えは）これでいいですか。

7・人に聞かないで自分で考えなさい。

17課

1・昨日は雨が降っていたので、一日じゅ
うちにいました。

○図書館は静かなので、わたしはいつも
図書館で勉強します。

○今日は日曜日なので、学校は休みです。

2○雨が降りそうです。(⇒表１)

・このケーキはおいしそうですね。

○あの人はとても元気そうです。

・雨はやみそうもありません。

○このケーキはおいしくなさそうです。

○あの人は元気ではなさそうです。

○雨が降りそうだから、傘を持っていき
ます。

○おいしそうなケーキですね。いただき
ます。

○田中さんはおいしそうにビールを飲ん
でいます。

3・あなたは肉と魚とどちらが好きですか。
わたしは(魚より)肉の方が好きです。

・インドネシアは日本より暑いです。

4・弟はオートバイを買うためにアルバイ
トをしています。

5・小林さんは頭もいいし、スポーツもで
きます。

・小林さんはテニスもできるし、サッカ
ーもできます。

○小林さんはテニスもサッカーもできます。

6・これは何という花ですか。

これはひまわりです。

・東京ドームというのは何ですか。
(東京ドームというのは)野球場です。

7・父は二十八歳で結婚しました。

18課

1・春になると桜が咲きます。(⇒表１)

○駅に近いと便利です。

○果物は新鮮だとおいしいです。

○いい天気だと富士山が見えます。

○春にならないと桜は咲きません。

○駅に近くないと不便です。

○果物は新鮮でないとおいしくありませ
ん。

○いい天気でないと富士山は見えません。

2・この薬を飲むと、眠くなりますか。
いいえ、この薬を飲んでも、眠くな
りません。(⇒表１)

○あなたは静かでないと、寝られませんか。
いいえ、わたしは静かでなくても、
寝られます。

3・あの人はどんなスポーツでもできます。

4・あの人は長い髪をしています。

5・この川の水は氷のように冷たいです。

・正男さんは女の子のような声をしてい
ます。

○あの雲の形は象のようです。

6○わたしはゆうべお酒を飲み過ぎました。

○この靴は大き過ぎます。

○ この問題は簡単過ぎます。
　　　　もんだい　　かんたんす

・ たばこの吸い過ぎは良くありません。
　　　　　　す　す　　　よ

7・ わたしのうちから学校まで二時間もか
　　　　　　　　　がっこう　　にじかん

　　かります。

8・ わたしのうちには猫が五匹います。
　　　　　　　　　ねこ　ごひき

　　　そんなにたくさんいるのですか。

19課
　か

1・ 一生懸命練習すれば、上手になります。
　　いっしょうけんめいれんしゅう　じょうず

　　（⇒表1）
　　　　ひょう

○ 練習しなければ、上手になりません。
　　れんしゅう　　　　じょうず

○ 天気が良ければ、行くつもりです。
　　てんき　よ　　　　い

○ 天気が良くなければ、行きません。
　　てんき　よ　　　　　　い

○ 日本語が上手なら、このアルバイトは
　　にほんご　じょうず

　　できるでしょう。

○ 日本語が上手でなければ、このアルバ
　　にほんご　じょうず

　　イトはできないでしょう。

○ あしたいい天気なら、わたしは山に登
　　　　　　てんき　　　　　　　やま　のぼ

　　ります。

○ あしたいい天気でなければ、わたしは
　　　　　　てんき

　　山に登りません。
　　やま　のぼ

2○ 雨が降ったら、ハイキングはやめまし
　　あめ　ふ

　　ょう。（⇒表1）
　　　　　　ひょう

○ 雨が降らなかったら、ハイキングに行
　　あめ　ふ　　　　　　　　　　　　い

　　きましょう。

・ 忙しかったら、来なくてもいいですよ。
　　いそが　　　こ

○ 忙しくなかったら、ちょっと手伝って
　　いそが　　　　　　　　　てつだ

　　ください。

○ おすしが好きだったら、たくさん食べ
　　　　　す　　　　　　　　　　た

　　てください。

○ おすしが好きでなかったら、サンドイ
　　　　　　す

　　ッチを持ってきます。
　　　　　も

・ あしたいい天気だったら、散歩に行き
　　　　　　てんき　　　　さんぽ　い

　　ませんか。

○ あしたいい天気でなかったら、部屋で
　　　　　　てんき　　　　　　　へや

　　音楽を聴きましょう。
　　おんがく　き

3・ 夏休みになったら、国へ帰るつもりです。
　　なつやす　　　　　くに　かえ

4・ わたしは来年スペインへ行くつもりです。
　　　　　　らいねん　　　　い

　　スペインへ行くなら、早くスペイン
　　　　　　い　　　　はや

　　語の勉強を始めなさい。
　　ご　べんきょう　はじ

5・ 風邪を引いたときは早く寝た方がいい
　　かぜ　ひ　　　　　　はや　ね　ほう

　　ですよ。

○ この肉はもう古いから食べない方がい
　　　　にく　　　ふる　　　た　　　ほう

　　いです。

6・ ラジオの音を小さくしました。
　　　　　　おと　ちい

○ 机の上をきれいにしてください。
　　つくえ　うえ

7・ 駅前のレストランは安くておいしいで
　　えきまえ　　　　　　やす

　　すね。

　　　ええ、あそこへはわたしもよく行き
　　　　　　　　　　　　　　　　　　い

　　ます。

○ 去年の春、一緒に鎌倉へ行きましたね。
　　きょねん　はる　いっしょ　かまくら　い

　　　ええ、あのときは楽しかったですね。
　　　　　　　　　　　　たの

20課
　か

1・ ラヒムさんはアンナさんの荷物を持っ
　　　　　　　　　　　　　　にもつ　も

　　てあげました。

2・ 父はわたしに時計を買ってくれました。
　　ちち　　　　とけい　か

3・ わたしは田中さんに写真を撮ってもら
　　　　　　たなか　　　しゃしん　と

　　いました。

4 ○大学に合格できてとてもうれしいです。

○ゆうべは暑くて眠れませんでした。

○わたしは字が下手で恥ずかしいです。

・言葉が分からなくて困りました。

5 ・わたしは昨日風邪で学校を休みました。

6 ・あした試験があるのに、あの人は遊ん

でいます。

○あの人は歌が上手なのに、あまり歌い

ません。

○もうお昼なのに、あの人はまだ寝てい

ます。

7 ・友達に手紙を出したら、すぐ返事が来

ました。

○うちへ帰ったら、手紙が来ていました。

8 ・定期券を落としてしまったのですが、

どうしたらいいですか。

9 ・定期券を落としてしまったのですが

どうしたらいいでしょうか。

○先に帰ってもいいでしょうか。

ええ、いいですよ。

10 ・あした鎌倉へ行くんです。

そうですか。いい天気だといいですね。

21課

1 ○わたしは先生にほめられました。

（⇒表1）

（先生はわたしをほめました。）

・わたしは父に「すぐ国へ帰りなさい。」

と言われました。

（父はわたしに「すぐ国へ帰りなさい。」

と言いました。）

・わたしは兄にケーキを食べられてしま

いました。

（兄はわたしのケーキを食べてしまい

ました。）

○わたしは雨に降られて困りました。

（雨が降ったので、わたしは困りまし

た。）

・わたしは隣の人にピアノを弾かれると、

うるさくて勉強できません。

（隣の人がピアノを弾くと、わたしは

うるさくて勉強できません。）

2 ・毎年三月に卒業式が行われます。

（毎年三月に卒業式を行います。）

3 ○先生は学生に日本語で話すようにと言

いました。

・医者は田中さんにたばこを吸い過ぎな

いようにと言いました。

○わたしは弟に早くうちへ帰るように言

いました。

4 ・道がぬれています。ゆうべ雨が降った

らしいです。

○あの人はすしを食べません。すしが嫌

いらしいです。

○あの人はマリアさんの恋人らしいです。

いつも二人は一緒にいます。

5 ・試験は今日じゃありません。あしたです。

22課
か

1・先生はわたしに新聞を読ませました。
せんせい　　　　しんぶん　よ

　（⇒表1）
　　ひょう

○父は兄を銀行へ行かせました。
ちち　あに　ぎんこう　い

・田中さんは面白い話をして、わたした
たなか　　　　おもしろ　はなし

ちを笑わせました。
　わら

（田中さんは面白い話をしました。わ
　たなか　　　　おもしろ　はなし

たしたちは笑いました。）
　　　　わら

2・わたしは母に嫌いなにんじんを食べさ
はは　きら　　　　　　た

せられました。（⇒表1）
　　　　　ひょう

・わたしは先生に立たされました。
せんせい　た

3・英文を日本語に訳してください。
えいぶん　にほんご　やく

・千円札を百円玉に替えてください。
せんえんさつ　ひゃくえんだま　か

4・あの大学に合格したのはあなたが初め
だいがく　ごうかく　　　　　　はじ

てです。

○新幹線に乗るのは今日が初めてです。
しんかんせん　の　　　きょう　はじ

5・冷蔵庫に卵がいくつかあります。
れいぞうこ　たまご

6・あなたの趣味について書きなさい。
しゅみ　　　　　　か

索 引
さく　いん

Ｉ ＝Ｉ課本文
Ｉ´＝Ｉ課言い方、表
Ｉ＊＝Ｉ課練習帳

［あ］

索引

索引

索引

索引

— 179 —

索引

索引

索引

索引

索引

索引

索引

索引

— 197 —

同　意　書

大新書局殿

　日本学生支援機構東京日本語教育センター著作「進学する人のための日本語初級」の本冊文 、「同語彙リスト」、「同練習帳（1）」、「同練習帳（2）」、「同宿題帳」、「同漢字リスト」及び「同カセット教材」、「同ＣＤ教材」を、台湾において発行することを承認します。

　尚、本「同意書」は台湾で出版する「進学日本語初級 I 」、「進学日本語初級 II 」の本冊文、及び「宿題帳・漢字リスト」合冊本に奥付する。

2004年4月1日

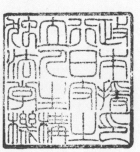

独立行政法人　日本学生支援機構

本書原名
「進学する人のための日本語初級改訂版（第1課〜第12課）：語彙リスト改訂版（第1課〜第12課）」

進學日本語初級 I 改訂版

2004 年（民 93）10 月 1 日　第 1 版　第 1 刷　發行
2014 年（民 103）3 月 1 日　改訂版　第 10 刷　發行

定價 新台幣：320 元整

著　者	日本学生支援機構 東京日本語教育センター
授　權	独立行政法人 日本学生支援機構
發 行 人	林　寶
發 行 所	大新書局
地　址	台北市大安區 (106) 瑞安街 256 巷 16 號
電　話	(02)2707-3232・2707-3838・2755-2468
傳　真	(02)2701-1633・郵政劃撥：00173901
登 記 證	行政院新聞局局版台業字第 0869 號